U0505803

文景
———
Horizon

社 科 新 知　文 艺 新 潮

红发女人

ORHAN
PAMUK
KIRMIZI SAÇLI KADIN

[土耳其] 奥尔罕·帕慕克 著

尹婷婷 译

上海人民出版社

献给阿斯勒

俄狄浦斯，这弑父的凶手，这娶母的奸夫，这斯芬克斯之谜的解破者！这神秘的三重厄运告诉我们什么呢？有一种古老的，特别是波斯的民间信念，认为一个智慧的巫师只能由乱伦诞生。

——尼采，《悲剧的诞生》

俄狄浦斯：这旧罪的难寻的线索哪里去寻找？

——索福克勒斯，《俄狄浦斯王》

正如对待无父之子那样，没人会对无子之父敞开爱抚的怀抱。

——菲尔多西，《列王纪》

第一部

1

事实上，我曾经想当作家。不过，在接下来要讲述的故事之后，我却成为一名地质工程师和承包商。读者们可不要误以为，我既已开口，那必定是早已远去的陈年旧事了。越是回忆，我倒越发深入其中。因而我已经感觉到了，你们也会步我后尘，被拖向那为人父与为人子的隐秘之中。

1985年，我们住在白西克塔什区后面离厄赫拉姆尔宫不远的一座公寓里。父亲经营着一家名叫"生活"的小药店，每周都会在通宵营业那晚在药店值守。值班的夜晚，都是我为他送饭。当高瘦俊朗的父亲在收银台旁享用晚餐时，我喜欢逗留在药店闻药香。直至三十年后的今天，四十五岁的我仍对那些有着木柜子的老药店的味道情有独钟。

生活药店的顾客不多。父亲晚上值班时会用当时流行的便携式小电视打发时间。偶尔，我看到父亲和一些登门造访的朋友小声交谈。他的那些左派朋友一看到我便立刻打住话头，转而说些我像父亲一样英俊、招人喜欢之类的话，还会问上几句：上几年级了，喜不喜欢学校，将来想做什么？

眼见父亲在他的政治同志面前心神不安，逗留片刻之后，我便提着空饭盒，傍着道路两旁昏黄的路灯和法国梧桐走回家。我没对母亲提起在药店看到父亲的左派朋友，否则她又要因此生父亲和他那些朋友的气，担心父亲会遭遇什么不测，或是再次毫无征兆地弃我们而去。

但我也察觉出父母之间的冷战并不全因政治。有时，他们很久谁也不理谁，几乎不说话。或许，他们不再相爱。直觉告诉我，父亲或许是喜欢上了别的女人，很可能别的女人也喜欢他。偶尔，母亲会用我能够理解的方式向我提起有另一个女人的事。父母之间的争吵让我痛苦不堪，我甚至禁止自己去思考或回忆起他们。

最后一次见到父亲是在我上高一时。一个普通的秋日夜晚，我为父亲送饭，他正在看新闻。父亲吃着放在柜台上的晚饭，我招呼两位顾客——一个买阿司匹林，另一个要维生素 C 和抗生素。我把钱放进一台老式收银机，它的抽屉开启时会发出悦耳的铃音。临走前，我向父亲投去最后一瞥，他站在门口微笑着向我挥手。

直到第二天早上父亲也没有回家。午后，我从学校回来，母亲告诉了我这一消息。她的眼袋浮肿，想是哭过。我以为父亲跟从前一样，又被带去了政治局[1]。他们折磨他，鞭打他，给他上电刑。

七八年前父亲就是这样失踪的，大约两年后才回家。然而这一次，母亲可不认为父亲在被警察严刑审讯。她恨父亲，每每提及总会说："他最清楚自己都做了什么。"

军事政变后不久士兵把父亲带走的那个夜晚，母亲却是伤心极了。她说父亲是英雄，我应该为他感到骄傲。她甚至和店员马吉德一起替父亲在药店值夜班。有时，我也会穿上马吉德的白围裙。当然，我不会成为一名店员，我要像父亲希望的那样成为科学家。

父亲最后一次失踪后，母亲再没过问药店。既不谈马吉德，

---

[1] 政治局：土耳其安全反恐部门的旧称。——译者注，下同

也不提及其他任何一位伙计，对药店的未来更是缄口不语。这让我不禁想父亲此次失踪另有原因。但我们所说的"想"又是怎么一回事呢？

那时起我就明白了，思想或以词汇，或以画面映入脑海。有时我竟无法用词汇思考一种想法，但那想法却立刻在我眼前呈现出一幅画面，譬如我在瓢泼大雨中的狂奔以及那时的感受。有时，我能够通过词语去想一件事，眼前无论如何却呈现不出那画面。像是黑色的光，母亲的死，或者永恒，诸如此类。

或许因为还是个孩子，我能够成功地不去想我不愿想的事。有时却恰恰相反，我无法从脑海中剔除那些我不愿想的画面或词语。

很久父亲都没有和我们联系。有时，我会记不清父亲的脸。仿佛断电的瞬间，万物消失在眼前的感觉。

一夜，我独自走向厄赫拉姆尔宫。生活药店的大门紧闭，上面挂着一把似乎意味着再也不会开启的黑色大锁。厄赫拉姆尔宫的花园里飘荡出一团雾。

没过多久，母亲对我说，已经无法指望父亲或药店了，我们的经济状况非常糟糕。那时我所有的花销仅限于看电影、吃烤肉三明治和购买连环画。从卡巴塔什高中到家全靠步行。身边的一些朋友买来旧的连环画杂志或卖或租。我却不愿像他们一样，大周末在白西克塔什的电影院侧门或是小巷子里耐心地等待顾客。

1985年夏天，我在位于白西克塔什集市里一家名叫"德尼兹"的书店当店员。大部分工作就是驱赶扒手，他们几乎都是学生。偶尔，书店老板德尼兹大哥会带着我驱车前往查阿奥卢购书。因为对作者和出版社的名字过目不忘，老板很喜欢我，并允许我把书带回家，读完后再归还书店。那个夏天我博览群书：儿童文学；儒勒·凡尔纳的《地心游记》；埃德加·爱伦·坡的小说选；各类诗集；讲述奥斯曼时期英雄人物传奇故事的历史小说；还有一本关于梦的选集，其中的一篇文章将改变我的一生。

德尼兹大哥的作家朋友们时常光顾书店。他开始向他们介绍说我将来会成为作家。这个梦想还是我随口透露给他的。很快，在书店老板的影响下，我便开始当真了。

2

然而，母亲对书店给的钱并不满意。她觉得我当店员挣的钱最起码也该付得起高考补习班的费用。自父亲失踪后，我和母亲成为挚友。但对于我当作家的决定，她只付之一笑。在她看来，我应该先上一所好大学。

一天放学后，我本能地走进父母的房间察看衣柜和抽屉，发现父亲的衬衫和物品都不见了。但屋子里仍有父亲的香烟和古龙水的味道。我从未和母亲谈及此事，仿佛父亲在我眼前的形象也被迅速抹去。

高二结束的那个初夏，我们从伊斯坦布尔搬到了格布泽 [1]。姨妈的丈夫在格布泽有一处带院落的房屋，我们可以住在扩建的房间而不必付房租。倘若前半个暑假，我能在姨父介绍的活计中攒点积蓄，七月后就能边在白西克塔什的德尼兹书店工作，边上补习班为来年的高考做准备。书店老板德尼兹大哥知道我为离开白西克塔什感到难过，表示只要我愿意，夏天可以在书店过夜。

姨父介绍的工作是看守他在格布泽郊区的菜园、樱桃园和桃园。看到菜园里的凉亭和里面一张旧桌，我竟以为自己有大把时间可以坐下来看书。可是我错了。此时正值樱桃季节，聒噪而厚颜无耻的乌鸦成群结队地扰袭树枝，孩子们和附近大型工地上干活的工人还会来偷瓜果蔬菜。

菜园旁边的院子里正在打井。我时常过去看他们干活：师傅用镐和铲在下面挖，两个徒弟把他挖的土拉上来，倒掉。

徒弟们摇动木制辘轳的两个把手，伴随悦耳的沉吟声，把师傅运上来的满满一桶泥土卸在一旁的手推车上。紧接着，和我年龄相仿的一个徒弟推车去倒土，比他年长、高大些的那个

---

[1] 格布泽：位于伊斯坦布尔东南方向大约六十公里的一个县城。

对井下喊声"来了！"，又把桶放还给师傅。

师傅一整天都很少上来。第一次见到他，是在一次午歇，他抽着烟。那是一个跟父亲一样身材高大、英俊而瘦削的人，但不同于父亲的冷静、和蔼，他很暴躁，经常训斥徒弟。考虑到让我目睹这一切会令他们不快，因此师傅上来时，我很少靠近井边。

六月中旬的一天，井那边传来一阵欢呼和枪声。我走近一瞧，竟是井里挖出了水，闻讯赶来的里泽土地主兴奋地向空中鸣枪。我嗅到一股沁人的火药味。土地主给师傅和徒弟们打了赏。这口井会在他即将于此处兴建的工程中派上用场。城市水源那时还未引至格布泽郊区。

接下来的几天，再没听到师傅训斥徒弟。一辆马车拉来成袋水泥和少许铁材。一日午后，师傅用混凝土灌注井口，加上铁盖。趁大伙心情舒畅，我也跟他们凑得更近了些。

又一个下午，我以为井边没人便走了过去。突然，马哈茂德师傅出现在橄榄树和樱桃树间，手上拿着一块搭在井上的电动马达零件。

"小伙子，我看你对这活很感兴趣啊！"他说。

我于是想到了儒勒·凡尔纳小说里穿越地心的人物。

"我要去小切克梅杰郊外打口井。这两个徒弟都不干了，不如我带你去？"

看我一时不知所措，他又说，一个好的挖井学徒日薪是菜园看守的四倍。我们的活十天就能完，我很快就可以回家。

我回到家后，母亲说道："我绝对不会同意！你不是要当挖井人的。你是要在大学好好念书的。"

然而我一下子被快速挣钱的念头迷住了。我对母亲坚持道，在姨父的菜园里两个月挣的钱我两个礼拜就能赚回来，这样就能抽出更多的时间准备考试，参加补习班，读我想读的书。我甚至还威胁可怜的母亲：

"你不同意，我就跑。"

"既然孩子想干活挣钱，你别打击他的积极性。"姨父说，"我去问问看，这个挖井师傅是什么人。"

我的律师姨父在市政府大楼的办公室里和母亲一起见了马哈茂德师傅，我并不在场。他们说好不让我下井，只让另外一个徒弟下。姨父跟我讲了薪水。我把衬衫和一双体育课上穿的橡胶鞋装进父亲留下的一只又小又旧的行李箱。

那天下着雨，接我们去打井地点的小货车迟迟未到。母亲在房顶漏雨的单间屋里哭了几通，想让我放弃，说她会很想我，说我们因为穷做了一件错事。

"我绝对不会下井的。"出门时,我手拿书包,昂着头,用父亲赴法院时那种坚定又开玩笑的口吻说道。

小货车停在古老的大清真寺后面的空地上。看我走过来,马哈茂德师傅手拿香烟,俨然老师般笑着审视我的衣服、步伐和我手里的包。

"进去坐好。我们这就出发。"他说。我坐在师傅和司机中间——司机是授权打井的商人哈伊利先生派来的。路上,我们一个小时都没有说话。

经过海峡大桥,我向左下方的伊斯坦布尔和就读的卡巴塔什高中仔细望去,试图找到白西克塔什熟悉的建筑。

"别担心,我们的任务很快就能结束。"马哈茂德师傅说,"你也能赶上补习班。"

我很欣慰母亲和姨父跟师傅提及我的担忧,我感觉自己信任他。过了大桥,正赶上伊斯坦布尔交通堵塞,直到落日灼热的光芒直射眼睛时我们才到达城外。

所谓城外,今天的读者可不要误会。那时伊斯坦布尔的人口可不是我今天给你们讲故事时的一千五百万,而是只有五百万。出城墙不久,渐渐疏落的房屋变得小而破败,工厂、加油站和零星的酒店开始进入视野。

　　沿铁路走了一段，天色渐暗，我们离开大路，经过比于克切克梅杰湖。有那么一两次，我看到了柏树、墓地、混凝土墙和空旷的场地……大多数时候什么也看不见，尽管我努力辨认，仍看不出身处何方。有时我们看到一户享用晚餐的人家窗户里的橘色光线，有时是一家工厂里的霓虹灯。之后上了一个坡。远处偶尔出现的闪电擦亮了天空，但我们经过的那片土地，那荒无人烟的地方似乎从未被照亮。有时，在不知从何而来的一道光线里，我看到无边无际、没有树木和人迹的不毛之地，转瞬消失在黑暗中。

　　过了很久，我们在一处荒僻的地方停了下来。四周没有一丝光线，没有灯，也没有房屋，我以为是老旧的货车出了故障。

　　"快过来帮忙，把东西卸下来。"马哈茂德师傅说。

　　我们把木材、辘轳零部件、锅碗瓢盆、用绳子捆着的两床被褥、装在简陋塑料袋里的物品和挖掘工具从车上卸下来。司机说了一句"往好处想吧，祝你们好运！"便驾车离开了。身处一片漆黑之中，我顿时惊惶无措。闪电在前方的某个地方划过，身后却是晴空一片，星星们使出浑身解数发出光亮。我看到更远处伊斯坦布尔城市的光反射在云朵上，有如一团黄色的雾。

雨后的土地很潮，到处湿漉漉。我们在平坦的地面找了一处干燥的地方，把东西搬了过去。

师傅试图借助从车上卸下来的木棍搭建帐篷，却怎么都不成功。要拉的绳子、要钉的小木栓都在夜里消失无踪，黑暗中所有一切在我的灵魂里错乱如麻。"抓那里，不是这里。"马哈茂德师傅喊道。

我们听到猫头鹰的叫声。难道必须搭帐篷吗，我想，雨已经停了。不过我尊重师傅的决心。散发着潮味的厚重帐篷布无法立在原地，黑夜般扑在我们身上。

直到后半夜，我们才成功地支起帐篷，铺好褥子躺下。夏天的乌云散去，闪烁着星星的夜拉开帷幕。听到附近某处传来的蟋蟀声，我顿感踏实，刚躺下便睡着了。

3

　　醒来时，我发现帐篷里只有自己。一只蜜蜂嗡嗡作响。我起身来到外面。此时已日上三竿，我的眼睛在强光下感到刺痛。

　　我发现自己身处一块平坦的高地。左边，地势向东南方向的伊斯坦布尔绵延而下。低处有远远看起来浅绿和淡黄的两块玉米地，麦田，空地和岩石，还有贫瘠的土壤。平坦处可以看到一座小镇的房屋和清真寺，只是此间一处山峰挡住了我的视野，无法判断这个地方的大小。

　　马哈茂德师傅去哪儿了？一阵随风飘来的军号声，让我明白镇子后边铁青色的楼房是个军营。更远处是紫色的山峦。瞬间，仿佛整个世界都陷入记忆里深深的沉寂。对于远离伊斯坦布尔，远离众人来到这里赢取自己的人生，我感到心满意足。

小镇和军营之间的平地传来火车的汽笛声。举目望去，我看到开往欧洲的列车。火车正朝我们的空地靠近，一扭身，优雅地停靠在车站。

不一会儿，我看到马哈茂德师傅从小镇方向走来。起初，他还择路而行，后来便抄小道从拐弯处穿过空地和庄稼。

"我买了水，"他说，"看看你会不会给我煮茶。"

土地主哈伊利先生坐着昨天的小货车赶来时，我正用小煤气灶煮茶。后车厢里下来一个比我稍大的小伙子。从他们的谈话中我得知这个名叫阿里的年轻人是土地主身边的伙计，他将替代最后时刻放弃来这里的格布泽徒弟下井。

马哈茂德师傅和老板哈伊利先生来来回回走了很久。时而光秃、时而被石子和草丛覆盖的这块地皮有一公顷。风从他们的方向轻轻吹来，即使两人走到最远的角落，我们依然听得到老板和挖井人之间的商酌，知道他们还未拿定主意。过了一会儿，我也凑上去。纺织商哈伊利先生想在这块荒地上建漂染工厂。成品出口商们需求庞大的这门生意需要充足的水源。

哈伊利先生以非常低的价格买下了这块不通电也没有水的

地皮。如果找到水，他会给我们很多钱。一旦找到水，他认识的那些政客就会把电线架到这里。随后，还会兴建起带有布料染坊、漂洗房、仓库、漂亮办公楼和食堂的现代化工厂，正如哈伊利先生某一次在带来的图纸上指给我们看的那样。从马哈茂德师傅的眼神里，我看到的是对哈伊利先生的理解和关切，不过事实上我们俩真正关心的却是土地主承诺找到水后给我们的礼品和奖赏。

"真主保佑你们马到功成，赐你们的手腕以力量，给你们的眼睛以专注。"哈伊利先生说，仿佛为出征的奥斯曼军队送行。小货车消失在视野的瞬间，他探出窗户向我们挥了挥手。

夜里，师傅的呼噜声让我无法入睡，我把头伸出帐篷。看不到小镇的灯光，天空是深蓝的，但星光仿佛把宇宙染成了橘色。我们就像是住在宇宙中一个巨大的橙子上，在黑暗里试图入眠。此时此刻，我们幻想的不是上天触碰星星的闪耀，却是进入躺在身下的大地。这种想法究竟是对是错？

4

　　那时，尚未使用钻探机。千百年来，老练的挖井人都是凭直觉判断一块地的水从哪里出，井从何处挖。马哈茂德师傅当然懂得喋喋不休的老师傅们那套花言巧语。不过，他对于一些老师傅手拿叉子来回走动、念念有词的卖弄做法不屑一顾。他感觉到自己是这门有几千年历史的职业的最后一代从业者。因此，在职业问题上，他是谦虚的，而非卖弄。"你要看土壤颜色的深浅，湿润程度和黑度，"他对我说，"你会看到地皮上低浅的部分，有石头、岩块、高低不平和阴影的地方，你会感觉到下面的水。"一次，他用有意栽培我的口吻说："有树和绿植的地方土壤颜色深并且湿润，明白吗？你要留意，但不要轻信任何事情。"

因为土壤也像七重天一样是一层一层的。（一些夜晚我会看着天上的星星感受下面黑暗的世界。）比如，在黝黑的深色土壤下两米，可能会出现含有黏土、不吸水、十分干燥的糟糕土壤，抑或沙子。以前的挖井师傅想要确定出水的地点，不得不学会土、草和昆虫，甚至是鸟的语言，在上面走动时能察觉到下面的岩石或黏土层。

因为拥有这项技能，过去某些挖井人便宣称自己身上有着中亚萨满般的超自然力和洞察力，能够与地下的神灵交谈。在我儿时，想廉价找到水的人们宁愿相信这些我父亲曾付之一笑的无稽之谈。我记得，在白西克塔什一夜屋的院子里，人们依旧靠着这个信念找寻挖井的地点。我就见到过在散养着母鸡、种着常春藤的一处后院，挖井师傅为了确认挖井地点聆听土地，家里的叔叔婶婶尊敬他就像尊敬一个在生病的孩子胸口听诊的大夫。

"真主保佑，最多两个礼拜就能完工。我会在十到十二米的地方找到水。"马哈茂德师傅第一天说。

他跟我说话更加坦诚，因为阿里是土地主的人。我喜欢这样，感觉自己和师傅就像是这里的负责人。

第二天早上，马哈茂德师傅确定了挖井地点。然而这并不是土地主认为根据工厂设计应该选择的地方，正相反，它在地皮的另一角。

出于保守政治秘密的习惯，但凡重要事情，父亲都不会让我参与，也不会问我的意见。而马哈茂德师傅决定在哪里挖井时，首先跟我分享了他的想法。他说，这是块棘手的地。这让我非常高兴，我喜欢他。但随后他独自思索了一番，既没问我也没解释便做了决定。就这样，我第一次感觉到他在我身上表现的权威。我既欣喜于这种从未在父亲身上见到过的慈爱和亲近，又一时对他感到生气。

马哈茂德师傅在地上钉了一个木桩。在这块地上走了这么久、思忖了这么久之后他为什么选择这里？此地和别处有何不同？如果我们不停地敲打这根木桩，是否某个地方就一定会出水？我想问马哈茂德师傅所有这些问题，可是我知道不能问。我还是个孩子。他不是我的朋友，更不是父亲，只是我的师傅。在他身上找到父亲感觉的人是我。

他在木桩上拴了一根绳，绳子的另一头绑了颗尖钉。他说，绳子的长度是一米。石头墙在这里立不住，他要用混凝土做井壁。混凝土墙的厚度应在二十到二十五厘米之间。他拉紧绳子，开始用钉子在两米直径范围画圈。事实上他没有画圈，只是用钉子在地上做标记。然后阿里和我小心翼翼地把它们连接成一个圆。

"井圈必须非常规整，"马哈茂德师傅说，"但凡圈上有漏洞，井圈有棱角、不圆滑，整个井壁就会塌。"

就这样，我头一次听到他对于塌方的恐惧。紧接着我们开始用镐和铁锹在圈里挖掘。师傅挖，我有时挥挥镐，有时把挖出来的土用铁锹装到阿里的手推车上，我们俩刚刚追上师傅的速度。"别把车装得太满，我快倒快回，这样更好。"有时，阿里上气不接下气地说。很快我们两个徒弟就因疲累放慢了速度，而马哈茂德师傅不停上下翻飞的铁锹铲出来的土开始在一旁堆积。土堆越来越高，师傅索性扔下铁锹，躺倒在远处的一棵橄榄树下，边抽烟边等我们。仅仅在第一天的头几个小时里，我们两个学徒就明白了，我们的任务就是追赶师傅的速度，认真观察他做的每一件事，见机行动，并迅速执行他的号令。

整日在太阳下挥镐弄锹把我累成了傻小子。日落西山后，我连一碗小扁豆汤都没喝完就栽倒在床铺上。

握铁锹的手起了水泡，脖颈子也被太阳灼伤。

"你会习惯的，小少爷，你会习惯的。"马哈茂德师傅说着，眼睛却没有离开那台他鼓捣了半天的小电视机。

　　他挖苦我是个连体力活也干不了的娇气鬼，不过"小少爷"的称呼却让我很受用。因为，这个称呼表明师傅把我看作城里读书人家的孩子——也就意味着不会给我更多的重活，会像父亲般呵护我——还因为，我感觉到师傅对我的慈爱和关注。

5

　　距离我们挖井的地方步行十五分钟有一个聚居地,正如入口处蓝色牌子上白色大字所写,这里是拥有6200人口的恩格然小镇。头两天我们马不停蹄地干活,挖到两米深,因为需要一些材料,第二天下午我们去了恩格然。

　　阿里先把我们带到了小镇的木匠铺。两米之后,已无法靠铁锹把土从井里弄出去,我们需要搭一个所有井上都会用到的辘轳。马哈茂德师傅靠土地主的小货车带来的木料却不充裕。木匠问我们是什么人,干什么的,马哈茂德师傅答说我们是挖井的。木匠听说我们挖井的地点说道:"哈,是上面那块平地。"

　　接下来的几天,在我们从"上面的平地"下到小镇时,马哈茂德师傅养成了经常光顾木匠铺的习惯，正如光顾他买烟的杂货店、戴眼镜的烟草商的店铺和开到很晚的五金店。挖井的日子里，我喜欢跟师傅一起走下恩格然，和他在大街上溜达，或者在有松柏的小公园的长椅上、在咖啡馆临街摆放的桌子旁、在一家店铺门口或是火车站的一处阴凉的角落坐坐。

恩格然的不幸源自士兵人口的膨胀。第二次世界大战中，为保卫伊斯坦布尔，抵抗德国人从巴尔干地区、俄罗斯人从保加利亚发动的进攻，一个大型步兵旅被部署在这里，然后似乎就被遗忘了。四十年后，大规模的士兵人口成为小镇最大的经济和麻烦来源。

镇中心大多数店铺在周末向得到"逛街许可"的士兵售卖明信片、袜子、电话专用币、啤酒之类的东西。应运而生的烤肉店和饭馆鳞次栉比。常有宪兵在这条被俗称为"饭馆街"的地方巡逻。白天，尤其是周末白天兵满为患的小蛋糕店和咖啡馆，晚上却空空如也，让我们在夜晚看到了不一样的恩格然。夜里，宪兵们会让那些不守纪律的驻地军人、任何一个制造巨大噪音的人以及娱乐场所保持安静，士兵之间倘若发生冲突立即予以镇压。

三十年前驻地人口颇为繁盛时，为军人家属和来访者开了一两家酒店，随着往来伊斯坦布尔交通的便利，它们也就无人光顾了。听第一天向我们介绍镇子情况的阿里说，其中一些变成了半隐蔽的妓院。这些酒店坐落在车站广场。橘色灯光闪烁的广场上有座小型阿塔图尔克[1]雕像，有冰激凌生意不错的星星蛋糕房、邮局和鲁米利亚[2]咖啡馆。第一天我们就喜欢上了这里。

哈伊利先生的一个亲戚存放建筑车辆的仓库就在广场对面的一条街上。阿里的父亲夜晚在仓库当看门人。下午晚些时候，阿里又带我们找到一个铁匠师傅。

马哈茂德师傅把从土地主哈伊利先生那里拿到的钱换了新的木料，选了金属夹钳用来组装辘轳零件，还买了四袋水泥、泥铲、钉子和绳子。不过绳子可不是用来下井的。下井时用的结实绳子此时正缠在我们从格布泽带来的辘轳的绞盘上。

我们把这些材料搬到铁匠铺里的人叫来的一辆马车上。铁车轮在铺石路面上发出可怕的噪音，而我则琢磨着自己在这里

---

[1] 阿塔图尔克：穆斯塔法·凯末尔·阿塔图尔克（Mustafa Kemal Atatürk，1881—1938），土耳其共和国缔造者，土耳其第一任总统。"阿塔图尔克"意为"土耳其人之父"。

[2] 鲁米利亚：奥斯曼帝国把巴尔干地区南部称为"鲁米利亚"，亦即"希腊人的土地"。

的日子不久便要结束，很快我就会回到格布泽、回到母亲的身边，然后返回伊斯坦布尔。我还记得自己边走边想，时而与拉车的马并肩前行，从它疲倦而忧郁的眼睛就知道它有多老。

来到车站广场，一扇门开了，一个穿工装裤的中年妇女走出门。她转身用责备的口吻喊："人呢？"

我和马此时恰好走到敞开的门前，先是走出一个比我大五六岁的青年，后面跟着一个高个子、红头发的女人，大概是他的姐姐。那女人有种非比寻常的迷人气质。或许穿工装裤的中年妇女是红发女人姐弟俩的母亲。

"我这就去找。"漂亮的红发女人对母亲说，再次进了屋。

但进屋之前，红发女人忽然瞥了一眼我和身后的老马。似乎是她在我身上或者马身上发现了什么奇怪的东西，我看到女人美丽浑圆的嘴唇上有一丝忧郁的微笑。她个头很高，微笑时脸上露出可爱又亲切的表情。

我们四个，也就是马哈茂德师傅、两个徒弟和一匹马刚好经过时，她母亲冲她喊："哎，快点！"这位母亲的脸上都是对红发女人的埋怨，完全没注意到我们。

拉货的马车刚出恩格然，铺路石就不见了，车轮也停止了躁动。顺着山坡到达我们那片宽阔的平地时，我感觉自己仿佛来到了另一个世界。

　　云散日出，就连我们这片半贫瘠的土地都变得丰富多彩。聒噪的黑色乌鸦蹦蹦跳跳蹿出玉米地，出现在蜿蜒其间的小道上，一见到我们，立刻展开翅膀飞走了。我发现黑海方向高出海平面的紫色地带笼罩着一种奇怪的蓝色，它身后平坦的地面上是灰白和淡黄色地带之间稀稀落落的树丛的绿。我们挖井的这块平地，整个世界，远处暗淡的房屋、颤杨，弯曲的铁道，所有的一切都那么美。我的灵魂隐约感觉到这种美好源于刚刚在门前见到的那个漂亮的红发女人。

　　事实上，我都没能完全看到她的脸。她为什么和母亲吵架？她的语气感染着我。那头红发在阳光下奇特地闪着光亮。她突然看向我，好像在问，你在这里做什么，仿佛我是她的旧相识，也就在那时我们四目相对。我们俩彼此看着对方，似乎都在寻找，甚至是质询某种记忆。

　　入睡时，我看着星星，努力在眼前重现红发女人的面庞。

6

翌日清晨，也就是开工的第四天，我们借助新买来的木板和材料把辘轳安装到位。辘轳上有一个缠着绳子的绞盘，两端是一粗一细两个把手，绞盘搭在十字木架上，还有一个底盘可以让我们轻松放置拉上来的桶。为便于我们更容易理解怎样组合零件，马哈茂德师傅用铅笔在纸上以令我叹为观止的本领画了一幅辘轳的细节图。

我和阿里抓住辘轳的两头，把师傅在下面装满土的桶向上拉。这个桶比水桶大，被石土填满后变得沉重无比。两个徒弟吃力地摇着辘轳。当桶到达我们的高度后，抓住一边把它拉向底座，并稍稍松开绳子，把没有从铁环和钩子上摘下的桶放置

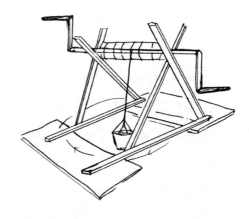

到木板上,这既需要足够的力气,也需要能耐。当满当当的桶被拉上来并安然无恙地被放置到位后,气喘吁吁的阿里和我立刻看向对方,仿佛在说"可以了"。

　　然后,我们两个徒弟赶忙用铁锹往手推车上卸土,直到桶轻了些,便抓住它的两边倒扣在车上。我小心翼翼地把桶放下去,快接近师傅时,依照他的叮嘱喊道:"来了!"马哈茂德师傅放下手里的镐,接过桶放在井底,但并不解开绑着它的绳子,而是用铁锹把一铲一铲挖起的土块迅速填满它。开始的几天,还能够从上面听到他挥着铁镐、铁铲满怀激情甚至愤怒地工作时伴随每个动作发出的一声"嘿哟"。师傅以每天一米的速度向地底方向深入，想听到他做动作时发出的"嘿哟"声也愈发困难。

马哈茂德师傅在井下把桶装满土后，大多数时候头也不抬地喊："拉！"如果我们两个恰好等在上面，我会立刻和阿里一起握住辘轳的两臂，把装满土的沉桶拽向空中。有时，开小差的阿里迟迟不来，靠一个人转动辘轳又实在困难，我只好等着。有时则是师傅放慢了速度，而阿里又早早回到辘轳旁，我们就一起凝神屏气看着马哈茂德师傅在下面向桶里填土。

这种等待的时刻，是我和阿里劳动期间唯一的休息，我们也聊上两句。不过早在第一天，我就知道自己不会向他打听我在小镇里看见的那些人，以及有着谜一般忧郁眼神和漂亮嘴唇的红发女人。是因为他不认识他们吗？或者因为他将讲的某件事会令我心碎？

红发女人时常进入我脑海的这件事，不仅对阿里，事实上我连对自己都想隐瞒。夜晚，我一面盯着天上的星星，一面看着师傅的小电视，正要沉睡时，眼前浮现出红发女人对我的微笑。如果不是那微笑和她脸上"我认识你"的意味以及怜爱的神情，或许我也不会对她如此想念。

每三天的一个下午，土地主哈伊利先生都会坐着他的小货车，迫不及待地来询问工作进展。若是赶上我们午休，马哈茂德师傅会说声"请"，邀他跟我们一起享用有西红柿、面包、白奶酪、橄榄、葡萄和可口可乐的午餐。有时，师傅正在井下三四米深的地方，哈伊利先生就和我们两个徒弟一起从井边向下望去，默默地、尊敬地看着他。

师傅一上到地面，就带着哈伊利先生走到土地的另一边，也就是阿里把挖上来的土倒掉的地方，给他看小岩石块和拿在手里捏碎的深深浅浅的土块的颜色，对我们挖掘的速度和水的远近做一番评论。头几天，我们在少有石子的土壤上稳步推进，到了三米之后的第四天和第五天，我们遇到坚硬的土层，速度开始放慢。马哈茂德师傅坚定地说，过了这坚硬的土层，就能找到湿润的土壤。纺织工厂主哈伊利先生也应道："看吧，但愿如此。"他又一次讲到，等我们找到水的那天他要宰羊设宴，给马哈茂德师傅和我们发赏钱，甚至还提及宴席上的果仁蜜饯从伊斯坦布尔的哪家甜点店买。

土地主走了，我们在午餐后放慢了速度。由挖井处走一分钟，平地上有棵颇大的核桃树。我走过去躺在树下，睡着了。入睡前，未及我想她，红发女人便自己活灵活现地来到我眼前，带着"我认识你，知道你！"的神情。这让我感到幸福。有时，她在正午我快被热晕过去的时候进入我的脑海。幻觉中，有一种让我对生活产生眷恋、给我乐观的东西。

酷热的天气，我和阿里相互往头上浇水，大量地喝水。水是哈伊利先生的小货车用大塑料桶拉来的。两三天来一次的小货车上，还有我们从镇子上预订的食物。师傅付给司机西红柿、青椒、人造奶油、面包、橄榄等东西的钱。不过每次也都会有土地主哈伊利先生的妻子捎来的西瓜、甜瓜，有时是巧克力、糖，有时还会有她在家里精心准备的满满一锅青椒塞肉、西红柿米饭、烤肉等。

马哈茂德师傅对晚上的吃食一丝不苟。每天下午，准备浇筑混凝土之前，他都会让我把土豆、茄子、小扁豆、西红柿、青椒——凡是手里有的都洗净，然后亲手把菜一小块一小块细致地切到从格布泽带来的小锅里，倒少许油，再把锅放在开着小火的煤气灶上。我负责看着这锅慢慢烧制的菜，不让它煳锅，直到太阳西沉。

最后两小时，马哈茂德师傅在当天挖的一米深的井壁上安装木模并浇灌混凝土。阿里和我在一旁搅拌水泥和沙子，和上水，把泥浆装车，并借助形似半个漏斗的木制滑梯把泥浆倒入井中且不必沾手，马哈茂德师傅骄傲地称其为个人发明。我们往漏斗形木制滑梯里铲倒湿乎乎的混凝土时，马哈茂德师傅在井下指挥："往右点，往上点。"

迅速搅拌混凝土泥浆、装车、向下倾泻的动作一旦迟缓，混凝土冷却，生气的马哈茂德师傅就从下面冲我们叫嚷。那时，我便会想念从未吼过我、责备过我的父亲。同时我也很生他的气，正因为他，我们才会生活窘迫，我才会在这里干活。马哈茂德师傅还会给我讲故事、上课，并经常问我好不好、饿不饿、累不累，这些事父亲同样没有做过。难道正因如此，师傅的责备才会令我生气？倘若是父亲责备，我会接受，感到惭愧，然后忘掉。马哈茂德师傅的责备却不知怎的反倒深入我心，我一边顺从地照他说的做，一边却又生他的气。

每天收工时，马哈茂德师傅单脚踩着桶，在下面喊一声"可以了"，我们就摇着辘轳，像电梯一样缓缓拉他上来，让他得以重见天日。马哈茂德师傅走到不远处的橄榄树下躺着，一种静寂瞬间笼罩四周，我感到我们身处大自然何等的荒凉之中，远离伊斯坦布尔、远离喧嚣，我想念母亲、父亲和白西克塔什的生活。

稍作喘息，我也像师傅那样倒在一处树荫下，看着立刻走向小镇的阿里远去。阿里没有走大道，而是穿越旷野和杂草、荆棘密布的田地。阿里那个我们从没见过的家在小镇的什么地方？我们在门前见到的红头发漂亮女人以及她的弟弟和母亲跟阿里家住得近吗？

我无所事事地胡思乱想着，一股香味飘来，是马哈茂德师傅在抽烟。听着远处驻地集合的士兵们"谢谢！谢谢！"的叫喊声和一只蜜蜂的嗡鸣，我想，能活着并见证这个世界是一件多么奇特的事情。

第四天，我起身去瞧饭锅时，看到马哈茂德师傅在躺着的地方睡着了。我把他想象成一个巨人，而自己是巨人国里的格列佛，我仔细地瞧着他的卧姿，长长的双臂和腿，仿佛看着一件放在地上的物品。儿时，我也这样看着熟睡的父亲。马哈茂德师傅的手和手指显得硬朗、棱角分明，不似父亲那般优雅。他的胳膊上有刀痕、痣和黑色的毛。由短袖衬衫一角露出没被阳光晒到的地方，可见原本白皙的肤色。我好奇地看着——就像父亲熟睡时我所做的那样——他呼吸时，长长的鼻子上鼻孔缓慢地一张一合。浓密斑白的头发中残留着土渣，身上还有好奇而焦灼地向上攀爬的蚂蚁。

7

"你洗吗？"每晚太阳下山时马哈茂德师傅都会问我。

卡车每两三天来更换一次塑料罐，尽管上面有龙头，也只够我们洗洗手和脸。要冲身子，得先把水集中在塑料桶里。马哈茂德师傅用一只大瓢往我头顶浇水，我打了个激灵。不是因为桶里的水没在阳光下加热，而是因为他看到我赤身裸体。

"你还是个孩子。"有一次他对我说。他是指我的生殖器还没有完全发育，身子单薄，还是别的什么？他的躯干很有肌肉，结实有力，前胸后背都是毛。

我这辈子，既没看过父亲，也没看过任何其他男人的裸体。轮到我用锡瓢为师傅冲洗头发了，我努力不去看他。有时还是看到他的胳膊、腿、背上有挖井时留下的瘀青和疤痕，但我没有作声。马哈茂德师傅给我冲水时，会用他那又大又硬的手指头，半好奇半开玩笑地触碰我后背和胳膊上的伤，看到我"啊"的一声呻吟扭动，边笑边怜惜地说："小心点。"

马哈茂德师傅常常说"小心点"，有时带着怜爱，有时带着恐吓。他说："挖井人徒弟的愚蠢会让下面的人残废，漫不经心则置人于死地。""老天保佑，你的脑子、眼睛和耳朵要时刻盯着下面。"接着，他给我讲脱钩的桶怎样把下面的人砸扁；或三言两语讲述因气体中毒而晕厥的师傅，因没能被开小差的徒弟及时发现，瞬间命归西天的故事。

我特别喜欢他慈爱地看着我的眼睛，讲些给人训诫、骇人听闻的故事。当师傅沉溺于描述粗心徒弟们的所作所为时，我感觉到在他脑子里，地下世界、亡者之界和地之深处与天堂、地狱未曾遗忘的角落之间有某种联系，这让我不寒而栗。在师傅看来，似乎伴随着挖掘，我们正通向安拉和天使所在之层。然而，半夜吹来凉爽的风，提醒我们蔚蓝的苍穹和挂在天空上的万颗摇曳的星星都在恰好相反的方向。

直至日暮时分的美好宁静中，马哈茂德师傅一边反复掀开锅盖查看晚饭，一边调试着电视图像。电视机是他连同一个旧汽车电池一起从格布泽运来的。头两个晚上，电池怎么也不工作，他让人用小货车把电池运到恩格然修理。现在，通了电的电池开始工作，马哈茂德师傅却为能在屏幕上找到清晰的图像而大费周章。他一生气，把我喊来，把一根类似裸线的锡质天线塞到我手里，边说着"往右，往上一点，往左"，边寻找清晰的图像。

经过一番长久的斗争，屏幕终于有了影。我们正舀着热乎乎的晚饭看新闻时，画面却如同旧时的记忆般再次模糊不清，兀自来来去去、波动颤抖起来。师傅起身拨弄了一两次，后来任凭图像怎样模糊，我们俩都待在原地一动不动，听尚可听到的新闻主持人播报和广告。

太阳恰在此时从眼前西沉。我们开始听见白天从未见过的奇怪而罕见的鸟发出啼叫。旋即，四下暮色未至，蔷薇色的圆月已挂在空中。帐篷四周嘎吱作响，远处传来犬吠，我嗅到火熄灭后的气味，感觉着虚无的柏树影。

直到那天之前，父亲都没有给我讲过一个神话和故事。而马哈茂德师傅每天晚上都会讲故事，由头是电视上不清不楚甚至毫无色彩的画面，白天我们遇到的麻烦，或是一个回忆。故事中哪些是想象、哪些是真实，从哪里开始又在哪里结束，都不甚明了。然而，我喜欢沉浸其中，喜欢聆听马哈茂德师傅抒发感想。不过，这些故事我并不全懂。比如，马哈茂德师傅有一次讲到，他小时候被一只怪兽劫持到地下世界：地底并不黑暗，相反很明亮。它们把他带到了一座闪闪发光的宫殿，请他入席，桌上摆满核桃和虫子壳、鱼头和鱼骨。它们在他面前摆放了世界上最美味的食物，可马哈茂德师傅一口也没吃，因为他听到身后有女人哭泣。他说，地下君王的宫殿里哭泣的女人声音，就跟电视上女播音员一般无二。

还有一次，他讲到一座蘑菇山和一座大理石山是如何不认识、相知，却遥遥对望了上千年的故事。然后他说，《古兰经》里有一句话："把你们的房子建在高处。"意思是地震不会波及高处。我们在高处挖井是天命。高的地方易出水。

马哈茂德师傅讲着故事，天色已十分昏暗，因为没有别的可看，我们俩都聚精会神地盯着电视上模糊的影像，仿佛这些画面清晰可懂似的。

"看到了吗，那里也有。"有时，马哈茂德师傅指着屏幕上的一个斑点说，"这不是巧合。"

忽然间，我也在幽灵般的影像中发现了相对而视的两座山。可我还没来得及对自己说这是一个错觉，马哈茂德师傅就转移了话题，叮嘱道："明天不要把车填得太满。"一个人既能在浇灌水泥、给电视机安装电池、画辘轳草图时如工程师般思考，又能把传说和神话讲得如同亲身经历，这让我深深着迷。

有时晚饭后，我正收拾，马哈茂德师傅就说："我们去镇上，买点钉子。"或者有时他会说："我的烟抽完了。"

凉爽的夜晚，我们走向恩格然。头几天，柏油路上反射着月光。我用迄今为止从未感受过的一种力量感受着头顶近在咫尺的苍穹，想着我的父亲母亲。我喜欢听夜里没完没了的蝉鸣，喜欢在没有月光的夜晚惊奇地看着天空中闪闪烁烁的繁星。

我在镇上给母亲打了电话，告诉她一切都很顺利，可她却哭了起来。我说，马哈茂德师傅把我的钱给了我（是真的）。我说，不出两个礼拜能回家了（事实上，对此我不太肯定）。潜意识里我知道，跟马哈茂德师傅一起待在这里让我感觉幸福。是因为我能够挣钱，让自己在父亲走后成为家里的男子汉吗？

每晚来到恩格然，我就更加清楚地感觉到自己幸福的真正原因。我渴望与车站广场上见到的红发女人再次相逢。每每和马哈茂德师傅来恩格然，我都试图绕到他们的门前。如果那晚我们不经过车站广场，我会借故离开师傅，到那里去，放慢步子从他们家门口走过。

那是一栋未经粉刷、外表寒酸的三层楼房。晚间新闻后，上面两层会亮起灯。中间那层的窗帘始终拉着。上面一层的窗帘半开，有时一扇窗户也敞着。

我时而认为，红发女人和她的母亲、弟弟住在楼上，时而又琢磨着他们住在中间那层。倘若住在楼上，也就意味着他们比较宽裕。那么，红发女人的父亲又是做什么的？我没见过他。没准，他也和我的父亲一样不知所终。

白天干活的时候，比如用辘轳把沉甸甸的桶缓缓向上拽，或者午休躺在树荫下打盹时，我发现自己会梦到她，想着她。我有些替自己感到难为情：不是因为在一个需要集中注意力的工作中陷入对一个陌生女人的幻想，而是因为这种幻想的单纯和原始。现在，我甚至已经开始幻想跟她结婚，同她做爱，和她在一个屋檐下过着幸福的生活。在她家门前，我所看到的她敏捷的动作、小巧的双手、颀长的身材、圆润的嘴唇以及脸上怜爱和忧郁的神情总是涌入我的脑海。最让我难忘的是她笑时脸上的嘲弄。这些幻想在我脑海里野花般不停绽放。

有时，我眼前会浮现出我们一起看书然后亲吻做爱的场景。

在我父亲看来，最大的幸福，是年轻时和一个姑娘为了理想一起兴致勃勃地读书，然后娶她为妻。有一次父亲在谈到其他某个人的幸福时对母亲这样说过。

8

　　去镇上的那些夜晚，和马哈茂德师傅一起返回帐篷的路上，我感觉我们仿佛在往天上走。从镇子通往高处平地的山坡上没有人家，四周漆黑一片，我以为每迈出一步都更加靠近星辰。山坡尽头一处小坟地里的柏树横亘在我们和星星之间，更加重了夜的黑。偶尔，一颗流星在柏树间露出的一小片天空划过，我们不约而同地看向对方："看到了吗？"

　　我们坐在帐篷边聊天，谈论着眼前不断坠落的流星。在马哈茂德师傅看来，每颗星星都代表一个生命。我们不妨想想，真主创造出布满星辰的夏夜，那是有多少个人，多少个生命啊。因此，有时一颗星星划落，马哈茂德便忧心忡忡，做起祷告，仿佛他真的亲眼见到有人死去。见我不以为然的样子，他很恼火，立刻讲个新的故事。为了不让他生气，是否就要相信他讲的一切？多年后，当确定马哈茂德师傅讲的那些故事不可逃避地决定着我的命运时，我开始饱览群书探究这些故事的根源。

师傅的故事很大一部分来自《古兰经》。譬如其中一个：恶魔诱导人们作画，劝告他们看着那些画以唤起对逝者的回忆，最终使他们偏离正途拜倒在恶魔脚下。不过，马哈茂德师傅讲述这些被到处篡改的故事就好像从托钵僧那里或是咖啡馆里听来的，甚至如自己亲身经历般，忽而又过渡到无比现实的回忆。

有一次，他讲自己如何进入一口拜占庭时期的五百年老井。马哈茂德师傅把两页报纸如鸽子翅膀般展开，点燃两边、扔到井下，就为展示被大家视为充满妖魔鬼怪的、被诅咒的不祥之井里其实只有积累的毒气。熊熊燃烧的报纸缓缓下落，在没有空气的井底熄灭。我纠正说，不是空气，是氧气。师傅并未在意我孩子气的自命不凡；相反，他却讲起上面趴着蜥蜴、蝎子，半砖半石的拜占庭井壁正是按照奥斯曼井的风格垒砌并使用了呼罗珊^[1]砂浆。共和国和阿塔图尔克时期之前伊斯坦布尔的老挖井师傅都是亚美尼亚人。

他怀念起事业繁盛的上世纪70年代，在位于萨勒耶尔、布于克戴莱和塔拉布亚山坡上的一夜屋居民区挖了不知多少井，培养出许许多多的徒弟，甚至还有同时挖两三口井的时候。那个年代，大家都从安纳托利亚^[2]来到伊斯坦布尔，在海峡上面的山顶建起不通水、不通电、一无所有的一夜屋。三四个邻居一起凑钱找马哈茂德师傅挖井。那时，马哈茂德师傅有一辆绘着鲜花水果的时髦马车。他就像个监督投资的大老板，有时一天检查三个不同社区的三口井，在每一处都会下井劳作，直到可以委托给徒弟，才又赶到另一处。

"倘若无法信任徒弟，你就没法当挖井人，"他说，"师傅要确定在上面的徒弟能够准确、及时并专注地做每件事，好忘掉他，全心投入自己的工作。信任徒弟要像信任自己的儿子，这样的挖井人才能站得住脚。猜猜看，我师傅是谁？"

"谁？"我问，尽管知道答案。

---

[1] 呼罗珊：西南亚古地区名，意为"太阳升起的地方"。大致包括今天伊朗东北部、阿富汗和土库曼斯坦大部、塔吉克斯坦全部、乌兹别克斯坦东半部和吉尔吉斯斯坦小部分地区。

[2] 安纳托利亚：又名小亚细亚，大体上相当于土耳其的亚洲部分。

马哈茂德师傅知道我晓得谜底，因为他已经讲了很多遍，即便如此还是说："是我父亲。"他用老师的口吻说道："如果你希望成为好徒弟，就该像我儿子一样。"

马哈茂德师傅认为，师徒关系很像父子关系。每个师傅都承担着如父亲般爱护和教导徒弟的责任，因为今后他的事业会传给徒弟。反过来，徒弟的任务则是学习师傅的本领，听命于他。如果师徒之间感情淡漠或发生矛盾，这就像父子之间出现裂痕，两个人就都完了，事业也会半途而废。师傅很欣慰，因为我是个出身良好的乖孩子，无礼和违抗不会出现在我身上。

马哈茂德师傅出生在锡瓦斯省的苏谢赫里县，十岁那年跟随父母来到伊斯坦布尔，童年是在布于克戴莱后面自家盖的一夜屋中度过的。他乐于说自己家境贫寒。他父亲在布于克戴莱最后一片海滨宅邸做园丁，挖井则是晚些年给一个师傅帮忙时学会的，看到这活来钱，便卖了牲畜，把儿子马哈茂德带在身边当徒弟。马哈茂德师傅师从父亲直到高中毕业。20世纪70年代，挖井行业在果菜园和一夜屋风生水起，服完兵役的马哈茂德师傅为自己添置了一辆马车，并在父亲死后子承父业。二十年间，他挖了一百五十多口井。他和我父亲一般大，四十三岁，却一直单身。

他是否知道因为我父亲的抛弃，我和母亲才生活拮据？每次马哈茂德师傅提起与穷困斗争的童年，我都会这样问自己。有时我甚至敏感地认为他在挖苦我，因为作为药店的"小少爷"的我沦落到做挖井徒弟——也就是说，因为我是个有教养的孩子。

挖井开始一周后的一个晚上，马哈茂德师傅给我讲先知优素福和他兄弟们的故事。他们的父亲叶尔孤白在几个儿子当中最疼爱优素福，妒火中烧的几个兄弟连哄带骗把他丢到一口漆黑的井里。我聚精会神地听着这一切。而脑海里记忆最深的是马哈茂德师傅看着我的脸说："没错，优素福是漂亮又很聪明。但一个父亲对待儿子不应厚此薄彼。一个父亲应该一碗水端平，"他补充道，"不公平的父亲会让自己的孩子失明。"

为什么说失明呢？这话从何说起？难道是为了强调优素福在井底那伸手不见五指的幽暗里？多少年来我反复问自己这个问题。这个故事为什么会令我不安，我又为什么生师傅的气？

9

翌日，马哈茂德师傅遇到了出乎意料坚硬的岩石，我们头
一次感到沮丧。师傅谨小慎微，生怕一不留神镐头碰到石头上，
速度也就大大放缓。

有时，阿里趁着在上面等待桶被填满的工夫，倒在旁边的
草地上休息。而我的眼睛却不曾从在下面卖力的师傅身上离
开。酷暑难当，太阳炙烤着我的脖颈。

中午，土地主哈伊利先生来了，对井里出现岩石很不高兴。
骄阳下，他看着井底，抽了根烟，又返回伊斯坦布尔。我们切
了他留下的西瓜，又把白奶酪和依然热乎乎的面包当作午饭分
着吃了。

那天挖得不多，马哈茂德师傅也没有在傍晚时分浇灌混凝土。他固执地干到太阳下山，疲惫、烦躁。阿里走后，我给他盛饭时，我们一句话也没说。

哈伊利先生的那句"要是在我一开始指的那地方挖的话……"，隐含对马哈茂德师傅的本领和洞察力的质疑。我想，正因如此师傅才会大为恼火。

"我们不去镇上了。"马哈茂德师傅吃完饭说。

天色已晚，他累了一天，这没什么不对。我却烦躁起来。一个星期以来，每晚走到车站广场，边想红发女人边溜达，带着没准她就在里面的想法看看那栋楼的窗户，早已成为我难以割舍的需求。

"你去吧。"马哈茂德师傅说，"给我买包马尔泰派 [1]。不怕黑吧？"

头顶是万里无云的晶莹天空。我看着星星，向恩格然小镇的灯光快速走去。到达坟地前，两颗星星同时划过，我内心一阵激动，仿佛要与红发女人相会似的。

然而，我来到车站广场，看到楼上的灯并没有亮。我去戴

---

[1] 马尔泰派：一种土耳其香烟品牌。

眼镜的烟草商那里给师傅买了香烟。不远处的"太阳"露天电影院传来追逐场面的声音。我透过墙缝向院子里张望,试图在坐着的人群中找到红发女人和她的家人,但他们并不在那里。

镇子外通向驻地的路口支起一顶帐篷,周围挂着戏剧海报,上面写着:

警世传说剧场

小时候,厄赫拉姆尔宫后面的空地每到夏天便搭建起的游乐园边上,有一年也支了这么一个剧场帐篷,不过没坚持多久就关闭了。眼前的这个剧场大概也是如此。我在街上又消磨了会儿时间。直到电影散场,最后一个电视节目播完,大街上空无一人,广场对面房间的窗户仍旧漆黑一片。

我带着罪恶感跑了回去。爬向通往坟地的山坡时,心如擂鼓。我感觉到柏树上有只猫头鹰正默默地注视着我。

或许红发女人和她的家人已经离开恩格然。又或许他们还在镇上,是我自乱阵脚,害怕马哈茂德师傅责备才早早回来了而已。我干吗这么忌惮他?

"你干吗去了?我很好奇。"马哈茂德师傅说。

小憩之后，他心情好转，抓过我手里的烟盒，立刻点上一支。"镇上有什么？"

"什么也没有。"我说，"来了一个帐篷剧场。"

"那些下流的东西，我们来的时候就在了，"马哈茂德师傅说，"他们为士兵跳肚皮舞，搔首弄姿。那些剧场和妓院没什么两样。别说他们了！既然你去了镇上，见到了人，今天晚上就由你来讲故事吧，小少爷！"

师傅的提议让我始料未及。他为什么还叫我"小少爷"？我开始搜索一个能令他不安的故事。如果说马哈茂德师傅是有意用他的故事来教育我，那我也要用我的故事来困扰他。我脑子里也有关于失明的戏剧之类的东西。于是我开始给他讲希腊国王俄狄浦斯的故事。我没有读过原本的故事，只是去年夏天，在德尼兹书店读了故事的梗概，难以忘怀。

在一本名为《你的梦，你的人生》的选集里读到的东西，犹如阿拉丁神灯里的精灵，在我脑海一隅等待了一年之久。此刻，我并不是以一种因为读过梗概而道听途说的口吻，而是带着经历过的一种回忆的力量来讲这个故事：

俄狄浦斯，是希腊忒拜国王拉伊俄斯之子，王位继承人。作为重要人物，俄狄浦斯还在娘胎时，其命运就被占卜，结果却得到令人痛心的预言。说到这里，我顿了一下，像马哈茂德师傅一样看着电视屏幕上模糊的影子。

根据可怕的预言，王子俄狄浦斯未来将弑父娶母，登上王位。出于对预言的恐惧，俄狄浦斯刚一出生，父亲拉伊俄斯就命人把他丢弃到荒野任其自灭。邻国的一位侍女发现并拯救了树丛间的婴儿。难掩贵族气质的俄狄浦斯在这个国家仍被当作继承人培养，然而一天天长大的俄狄浦斯对这个国家却有种陌生感。好奇的他找到占卜师预测自己的未来，却得到同样的答案：俄狄浦斯命里注定要弑父娶母。一心摆脱可怕命运的俄狄浦斯，立刻逃离了自己的国家。

无意间，俄狄浦斯来到自己真正的故乡忒拜，过桥时因鸡毛蒜皮的小事跟一位老人争执起来。此人正是他的亲生父亲国王拉伊俄斯。（在讲述父子互不相识，大打出手的场景时，我极尽延展之能事，就像讲述许多土耳其电影里的类似情节。）

两人展开一场混战，最终俄狄浦斯更胜一筹，犀利地一剑刺死了他的父亲。"当然，他不知道杀死的是自己的父亲。"我看着马哈茂德师傅说。

师傅眉头紧蹙，不像在听故事，倒像是得了个坏消息般难过。

谁也没有目睹俄狄浦斯杀死自己的父亲，因此在忒拜没人指责他。(听这种故事时我都会想,犯下弑父这样的滔天罪行却未被抓是怎么一回事。)不仅如此,长着女人头面、狮子躯干、巨大翅膀的怪兽祸害于此,当俄狄浦斯破解了它那无人能解的谜题后,人们把他视为英雄,并拥他为新的忒拜国王。这样一来,俄狄浦斯娶了皇后,也就是自己的亲生母亲,而她并不知道他是自己的儿子。

最后一句我几乎是喃喃自语般草草带过,仿佛不想被别人听去似的。"俄狄浦斯娶了他的母亲。"我重复了一遍。为了不让马哈茂德师傅认为这些骇人听闻的故事是我的杜撰,便补充道:"他们有四个孩子。其实这个故事我是在一本书里看到的。"

我看着师傅红色的烟头继续说:"多年之后的一天,俄狄浦斯与妻儿们幸福生活的这座城市闹了瘟疫。民众深受其害,惶恐度日,便派一个使者,询问神谕。神说:'若想摆脱瘟疫,须找出杀害老国王的凶手并驱赶之。那时,瘟疫便会终结。'"

俄狄浦斯即刻命人追拿真凶。他并不知道,在桥上争执间杀死的那个老者就是自己的生父,老忒拜国王。因此,追查中俄狄浦斯身先士卒。随着调查一步步深入,他逐渐意识到害死父亲的正是他自己。更糟糕的是,他发现妻子竟是自己的亲生母亲。

说到这里我停住了。夜里马哈茂德师傅给我讲宗教故事时，每到最该引以为戒的地方就戛然而止。师傅的神态让我感受到一种震慑，似乎在说"看，这就是你的结局"。而我正模仿他，对于我该戒惧什么却不得而知。因此，我带着对俄狄浦斯的惋惜之情，近乎柔和地讲完故事的结局：

"当俄狄浦斯得知自己与母亲同床共枕，便亲手弄瞎自己，"我说，"之后，他离开那座城市去了另一个世界。"

"也就是说，真主的预言应验了。"马哈茂德师傅说，"谁都无法逃脱命运。"

马哈茂德师傅一语道破命运的玄机，使我心头一震。我想忘掉命运之说。

"是的，俄狄浦斯惩罚了自己，瘟疫结束，整个城市得救了。"

"你为什么给我讲这个故事？"

"不知道。"我说，内心有一种罪恶感。

"小少爷，我不喜欢你的故事，"马哈茂德师傅说，"你看的是什么书？"

"一本关于梦的书。"

我明白，马哈茂德师傅再也不会对我说，"你来讲个故事吧"。

10

 我和马哈茂德师傅晚上在镇子的活动是有顺序的：先去戴眼镜的烟草商或是总开着电视的杂货铺那里给师傅买烟，然后光顾还在营业的五金店或是木匠铺。和萨姆松[1]木匠混熟的马哈茂德师傅，有时会坐在他家门口的椅子上抽一支。这时，我会趁师傅不注意，走到车站广场看一眼红发女人家的窗户再溜回来。有时，木匠铺打烊了，师傅会说："走，我请你到那里喝杯茶。"正对广场的街上坐落着鲁米利亚咖啡馆，我们在两扇门前的一张空桌子旁坐下。从这里能看到广场，但看不到红发

---

[1] 萨姆松：土耳其北部的一个省。

女人住的那栋楼。偶尔我会借故离开，一直走到能看见那栋楼的窗户，看到灯没亮再折回去。

坐在鲁米利亚咖啡馆门口的桌旁喝茶的半小时里，马哈茂德师傅必定会对当天挖到的地方和我们的工作简单评论一番。"岩石很硬，不过别担心，我会摆平的。"第一个晚上他这样说。"徒弟要学会信任师傅！"第二个晚上，看到我焦躁的样子他如是说。"要是有政变之前用的那种炸药，我们的活就容易得多，"这是第三个晚上，"军队不允许。"

还有一晚，他像个和蔼的父亲带我去了太阳电影院，跟孩子们一起从墙角的裂缝看电影。等我们返回帐篷，他说："一周后我就能找到水，明天你给你母亲打个电话，让她别担心。"

然而岩石并没有碎。

一天晚上，马哈茂德师傅没跟我去镇上。我走近帐篷剧场，读着入口处拉起的条幅和海报上的字："诗人的复仇，鲁斯塔姆与苏赫拉布，法尔哈德开山，电视未映之传奇。"我最为感兴趣的是电视上没有放映的内容。

票价几乎是马哈茂德师傅付给我日薪的五分之一。上面没有标注对儿童和学生有优惠。最大的海报上写着"士兵大优惠"，"周六、周日，13：30—15：00"。

我意识到自己对"警世传说"的渴望恰是源于马哈茂德师傅对剧场的轻蔑。去恩格然的夜晚，不管是否有马哈茂德师傅在，我都会找借口靠近剧场帐篷，至少远远看一眼那可爱的黄色已经成了习惯。

　　一晚，马哈茂德师傅坐在桌旁喝茶，我走到车站广场，再次看向红发女人那从未亮过的窗户。为了消磨时间，我在饭馆街上溜达，撞见了我以为是红发女人弟弟的年轻人，便跟了上去。

　　年轻男人应该大我五六岁。很快他走进车站广场，打开我盯着的那栋公寓的门，消失了。我的心一阵狂跳。到底哪层的灯会亮呢？红发女人在里面吗？当二层亮起时，我兴奋不已。然而就在此时，红发女人的弟弟走出公寓，直奔我的方向。他不可能在楼上开灯的同时又来到外面。我的脑子乱成一团。

　　他径直向我走来。可能发现了我在跟踪他，甚至察觉到我迷上了他的姐姐。我慌忙走进车站大楼，坐到附近的一条长凳上。车站里清冷无声。

　　红发女人的弟弟没有朝车站而是朝鲁米利亚咖啡馆大街走去。现在跟过去的话，会被喝茶的马哈茂德师傅看到。我索性从平行的一条街向上跑去，躲在另一条街的梧桐树后，等他心不在焉地从我面前经过时，立刻尾随其后。

我们穿过木匠铺所在的街道，途经太阳电影院背面，与铁匠铺的马车擦肩而过。看着还未打烊的杂货铺、理发店的橱窗和我给母亲打电话的邮局，我这才发现，在两个星期的来来往往和大街上漫无目的的闲逛中，我已经走遍了恩格然的大街小巷。

只见红发女人的弟弟走进镇外灯光闪耀的黄色帐篷，我立刻跑回师傅身边。

"你去哪儿了？"

"我说给妈妈打个电话呢。"

"你很想你妈妈？"

"是啊，我想她了。"

"你妈妈说什么了？你说没说一旦岩石的麻烦解决，我们就能找到水，最多一个礼拜你就能回去了？"

"说了。"

我在晚上开到九点的邮局给母亲打付费的叫人电话。女接线员先在电话里问了母亲的名字，然后说："阿苏曼·切利克女士，恩格然的杰姆·切利克想与您通话，您接吗？"

"接！"母亲兴奋地回答。

接线员的存在以及付费电话的昂贵让我们俩很不自然，我们总是彼此说着同样的话，然后沉默。

我和母亲的疏离与沉默，在那晚回去的路上同样闯入我和马哈茂德师傅之间。我们看着星星，爬着山坡，一路寡言，时常低头不语，像是犯了什么罪，又被无数星星和蟋蟀逮个正着。坟地的猫头鹰从黢黑的柏树上向我们致意。

钻进帐篷，马哈茂德师傅点了睡前最后一支烟。"昨天你不是讲了那个令人深省的王子的故事吗？"他先开口，"今天我想了想。我也有个关于命运的类似故事。"

起初，我没料到他会提起俄狄浦斯的传说，但马上说："讲吧，师傅。"

"很久以前，有一位王子，跟你故事中的一样。"马哈茂德师傅娓娓道来。

王子，是国王最疼爱的长子。父亲把儿子奉若至宝，儿子说一他不敢有二，还为他举办各种宴席晚会。一次宴会上，王子看出父亲身边黑胡须、黑脸的男人是死亡天使。王子和死亡天使四目相对，错愕地看着对方。宴会后，惶恐的王子对父亲说，宴会的宾客中有一个是死亡天使，从他怪异的眼神看出他决心取自己性命。

国王大惊失色："你赶快去波斯大不里士[1]皇宫里躲一躲，别告诉任何人。"他对儿子说："大不里士国王是我们的朋友，他不会把你交给任何人的。"

国王立刻送儿子到波斯，随后又举办了一场宴会，并若无其事地再次邀请了黑脸死亡天使。

"国王殿下，王子今晚不在这里。"死亡天使担忧地说。

"我儿子是个血气方刚的小伙子。"国王说，"老天保佑，他还能活很久呢。你问他做什么？"

"三天前，至大的真主命我去波斯，进入大不里士皇宫取您儿子也就是王子的性命，"死亡天使说，"因此，我昨天在伊斯坦布尔，在这里看到您儿子站在我面前，既惊又喜。您儿子也看到了我注视他的奇怪眼神。"

说完，死亡天使离开了皇宫。

---

[1] 大不里士：今伊朗东阿塞拜疆省省会城市，伊朗古城之一，历史上多次成为王朝首都。

11

第二天正午，七月的酷暑灼烧着我们的脖颈。此时，马哈茂德师傅在十米深的井底不遗余力与之抗衡的岩石终于碎裂。欢喜过后，我们很快发现速度还是快不起来，因为我们两个徒弟把师傅铲碎的沉重岩石块拉上来异常耗时。

午后时分，马哈茂德师傅让我们把他拉上来。"我在上面跟你们其中一个一起拉的话，清理的速度会快些。"他说，"你们当中下去一个人，我待在这里。谁去？"

阿里和我都没有作声。

"阿里下去。"马哈茂德师傅说。

我很高兴马哈茂德师傅保护了我。阿里单脚踩在桶上，我们摇着辘轳缓缓把他放下去。现在我和师傅两个人在上面。我感激他没让我下井，却愁于不知自己的眼神和话语是否能够表达这份感激。实际上，想要超额完成他交代的每件事，这种感觉我并不喜欢。但我坚信，这样做，我挖井的日子会更加好过，我们也会更快找到水。摇辘轳或是等阿里的时候，我们不发一语，聆听着四周。

有蟋蟀喋喋不休、如出一辙的嘶嘶嗡鸣。在这纤细声音之下深沉而含糊的呼啸，是三十公里之外的伊斯坦布尔在喃喃低语。初来乍到时，我并未听到这种呼啸。其中还夹杂着其他的声音：我们听到乌鸦、燕子和无数不认识的鸟或大声呼号，或哀求，或抱怨般发出的啁啾。接着我们听到一辆从伊斯坦布尔开往欧洲的长长的货运班列发出咔嗒咔嗒的声音，以及士兵们在酷暑中持枪奔跑时唱着"高原，高原"的民歌。

有时我们四目相望。马哈茂德师傅究竟是怎么看待我的？我渴望他更喜欢我，保护我。可每当眼神交汇时，我都会挪开自己的目光。

有时马哈茂德师傅会说："看，又一架飞机。"我们俩抬起头，努力望去。飞机从耶希尔阔伊机场起飞，攀升两分钟后在我们上空转向。就在此刻，阿里在下面喊道："拉。"我们缓缓地摇着吱扭作响的辘轳，把含铁、镍（马哈茂德师傅给我们看过镍是什么）的小岩石块拉上来，倒在手推车里。

每次拉桶上来，马哈茂德师傅都会冲下面的阿里喊，告诉他不要填得太满，不要碰大的岩石块，检查桶是否在吊钩上挂好了。

推车倒土的是我。含铁、镍，有着奇怪纹理的岩石块很快堆成了小山。这些岩石的颜色、硬度、密度与头七八天我们挖出来堆在一旁的土截然不同，让人感觉它们好似来自另一个世界。

土地主哈伊利先生又一次来的时候，马哈茂德师傅告诉他，无论如何没法加快进度，坚硬的岩石不会很快清除，不过他不打算在别处另辟新井。这里会找到水的。

纺织商哈伊利先生一直按照井的深度给马哈茂德师傅付钱。找到水后，还会再支付一大笔，此外还有礼物和赏钱。这个支付规矩是数百年来挖井师傅和雇主之间约定俗成的。倘若选择不易出水的地方，要拿到最后的奖赏会有风险，因此挖井师傅对选址会慎之又慎。或者，土地主选了一个缺水的角落，坚持"在这里挖"，挖井人照样按每米收钱。有些挖井师傅会说"如果想让我在那里挖，每米我要多收这么多钱"，以便找不到水时自己的利益得以有保障。有些师傅则在十米开外加价。

鉴于挖井师傅和土地主在找水方面利益一致，一起做出某个地方找不到水的结论亦属常情。有些土地主独断专行，固执己见，坚持选择找水难度大、条件差的地方（像是有很多岩石、沙土的干燥地方，浅色的土地等），挖井人也可以照样干下去，因为可以按每米收费。倘若遇到岩石，降低了挖掘速度，也可以要求不按米而按天收费。有时是土地主判断说，那个地方不会找到水了。这种情况下如果有些挖井人感觉水就在附近、坚持己见，会要求再宽限几天。我看，马哈茂德师傅的情况就近于此。

第二天晚上，和马哈茂德师傅一进镇子，我就直奔饭馆街，此时是晚上 8：15，也就是四天前看到红发女人弟弟那个时间的半小时前。我从红发女人弟弟上次出来的解放饭店的窗户向里张望。窗户后面是一面半掩的纱帘。没有看到任何熟人。为了确认，我打开门，在半空荡的饭馆里扫视，然而弥漫着拉克酒[1]味的饭馆里既没有熟悉的面孔也没有红色的头发。

---

[1] 拉克酒：土耳其很有名的一种酒，由葡萄和茴香酿制而成。

次日，岩石下出现了松软的土壤。马哈茂德师傅还没来得及加快速度，傍晚时分又迎来新的岩石。那晚，我们坐在鲁米利亚咖啡馆闷闷不乐，沉默无语。忽然，我一言不发地离开座位，来到广场，向公寓的窗户看去。对面人行道旁矗立的杏树使我无法一眼看到窗户，于是我走到饭馆街。从解放饭店半掩的纱帘向里张望，看到红发女人和她的弟弟、母亲以及其他四五个人坐在一处靠窗的桌子旁。

一时间我热血沸腾，没头没脑地走了进去。桌旁的人说说笑笑，没人留意到我。他们面前摆着拉克酒杯和啤酒瓶。红发女人抽着烟，听着饭桌上的谈笑。

一个服务生问："你找人吗？"

饭桌上的人一起转过头。从旁边的一面大镜子里，能够看到所有的人。蓦然间，我和红发女人四目相对。她的脸上还是同样怜爱的表情，这次还有一丝喜悦。她仔细地看着我，我也看着她。或许那表情是嘲笑。她的小手在桌子上迅速地移动。

我对服务生的问题无言以对。他说："晚上六点以后，这里不允许对士兵开放。"

"我不是当兵的。"

"对十八岁以下的人也禁止开放。要是有你认识的人就坐下，没有的话就抱歉了。"

"我们认识他，让他坐吧。"红发女人对服务生说。忽然间万籁俱寂。她看着我，像看着一个认识多年、无比熟悉的人。她的目光是这么甜美、和善，我满心幸福荡漾，并且也充满爱意地看着她。但是这次她却避开了我的目光。

我二话不说，立刻走了出去，回到鲁米利亚咖啡馆。

"你干吗去了？"马哈茂德师傅问，"每天晚上丢下我都去哪儿了？"

"师傅，新出现的岩石让我心烦意乱。"我说，"没完没了可怎么办？"

"相信你师傅。听我的话，放宽心。我肯定能在那里找到水。"

从前父亲总用玩笑和话语逗我开心、让我思考，正因如此我才能够发觉自己的智慧。然而，我并非总是相信他。马哈茂德师傅的话却总能令人感到安慰和信任。一时间，我也笃信，我们会找到水的。

12

　　接下来的三天，既望不穿岩石，我也再没见到红发女人。面对解放饭店里想把我扫地出门的服务生，她的挺身而出，怜爱的目光和嘲弄地微笑时展露出美丽线条的圆润双唇时常浮现在我眼前。她身材颀长，优雅，而且异常迷人。白天，马哈茂德师傅和阿里轮流下井，用镐一点一点敲击岩石。一切都那样缓慢，炎热让我们精疲力竭。不过，摇辘轳，拉岩石碎块，装车，卸车，这些对我来说已经不那么吃力。因为回忆红发女人那透着好似相识般充满爱和怜惜的目光对我来说足矣。我带着很快就会找到水的信念继续干活。

　　一天晚上，马哈茂德师傅没有去恩格然。我走到剧场帐篷，打算排队买票。坐在售票处桌子后面的陌生男人打发我说："这不是你来的地方。"

起初，我当此话是针对我的年龄。但即便是小镇子里最下流的地方都有小孩子混进去，谁也不会说什么。况且，我够得上十七岁了，大家都说我看起来更大。或许，门口男人的那句"这不是你来的地方"，是想说剧中的庸俗下流和粗制滥造不适合像我这样城市出身、有教养的小少爷。为士兵表演的这些鄙俗、下流的闹剧里是否也有红发女人的参与？

回去的路上，我看着无边无际的繁星，又一次想，我要成为一名作家。马哈茂德师傅正看电视等我。那晚，他又问我去没去剧场帐篷，我说没有。不过，从他的眼睛里我知道他不相信。他的嘴角露出一丝鄙夷。

即使在白天的酷热中一起摇辘轳时，同样的表情也时常出现在马哈茂德师傅脸上。那时，我就会愧疚地认为，自己无意中做错了什么让他失望了。我做错了什么？或许是摇辘轳不够卖力，没有注意到满桶上的挂钩，或者别的什么。随着找水无果，这种谴责、鄙夷甚至怀疑的目光习惯性地出现在马哈茂德师傅脸上。那时，我既感觉到愧疚，又对他感到生气。

父亲绝不会像马哈茂德师傅这样关注我。我跟他从未能像跟马哈茂德师傅这样从早到晚守在一起。但父亲从来没有鄙视地注视过我。如果说我感觉罪恶，也是因为父亲在狱中受苦。马哈茂德师傅做了什么能唤起我如此的感觉？为什么我总想顺从他，不断讨他欢心？有时我们面对面摇着辘轳，我试图鼓起勇气问自己这些问题，却连这个都做不到。我的眼睛躲避着师傅，感觉到自己对他深深的怨气。

跟师傅在一起最好的时光便是听他讲故事。就像那晚我们盯着电视上模糊的图像时他讲的那样，在他看来，地表下层层叠叠。有些土层如此深厚庞大，挖井生手会以为坚硬的土层没有尽头。然而只要你坚持，就会遇到别的脉络。这些土层可以比作人体的血管。正如血管通过血液为人类输送营养一样，庞大的地下脉络也通过铁、锌、石灰石和其他东西为地球提供养分。其中也会有溪流、水道和大大小小的地下湖泊。

马哈茂德师傅会突然在最出人意料的时间、地点讲很多关于找到水的故事。比如五年前的一次，在萨勒耶尔靠近黑海的一处山坡上，找他挖井的锡瓦斯雇主看到井里连续几天挖出的不是水而是成桶的沙土，就失去了信心，想停止挖掘。但马哈茂德师傅告诉他，不要被沙子误导，地下的土层就像人身体里的脉络一样时而错乱。很快他就找到了水。

马哈茂德师傅非常乐于讲述他在伊斯坦布尔被叫去维护古清真寺的故事。有一次，他自豪地说："伊斯坦布尔没有一座古清真寺是没有井的。"他喜欢以介绍知识的方式作为叙述回忆的开场白，像是叶海亚·阿凡提清真寺的井位于入口，或是马哈茂德帕夏[1]清真寺的井在山坡后的院子里，深三十五米。进入古井前，马哈茂德师傅会先在桶里摆根蜡烛，点燃后放到井下。倘若蜡烛在井底继续燃烧，他就知道下面没有毒气，然后再踏足这个神圣的地方。

马哈茂德师傅还热衷于细数百余年来伊斯坦布尔人丢弃或藏入井中之物。在这些古井中，他找到过宝剑，勺子，瓶子，汽水瓶盖，灯，炸弹，步枪，手枪，玩偶，头盖骨，梳子，马蹄铁以及做梦都想象不到的东西。他还找到过银币。或许其中一些是为了藏匿于干涸晦暗的井里而被丢下，一忘就是若干年，甚至上百年。这很奇怪不是吗？人们把视若珍宝的心爱之物放置井中，后来竟忘了，这意味着什么呢？

---

[1] 帕夏：奥斯曼帝国行政系统里的高级官员，通常是总督、将军及高官。

13

　　七月的暑热令人窒息。一天中午，土地主哈伊利先生乘卡车而来，看到希望渺茫，宣布了一个让我们所有人寒心的决定：倘若三天内不出结果，就放弃从这里找水的念头，停止挖掘。如果马哈茂德师傅仍然坚持，可以接着干。不过，三天后依然没有找到水的话，哈伊利先生既不会给马哈茂德先生，也不会给阿里付日薪了。倘若马哈茂德师傅在不领日薪继续挖的情况下最终找到水，哈伊利先生当然会给他奖赏，并告诉所有人，建厂的荣耀是属于师傅的。但是他不再支持像马哈茂德师傅这样技艺高超而且勤奋、正直的挖井人在一个错误的地点浪费自己的精力和才能。

"您是对的。我们用不了三天，两天就会找到水，"马哈茂德师傅冷静地说，"不用担心，老板。"

哈伊利先生的卡车在嘶嘶蝉鸣中远去，许久我们没再说话。之后，我们听到了伊斯坦布尔方向的客车咔嗒咔嗒的响动——那是12：30，每天火车通过的时间。我躺在核桃树下，却无法入睡，即使想着红发女人和剧场也无法给我安慰。

离核桃树五百米，老板的地界之外，有"二战"时期遗留下来的水泥炮台。一次，和我一起观看炮台的马哈茂德师傅认为，那是为用机枪抵御坦克和步兵进攻而建。我带着孩子般的好奇企图进入被带刺的野草和黑莓树丛封锁的大门，但我失败了，便躺在草地上胡思乱想。三天内井里不出水的话，最终就拿不到赏金。不过算了算，几天下来我在这里攒的钱够用了。三天后找不到水的话，放弃老板的赏钱回家，是最好的结果。

那晚，微风轻拂着恩格然，我们坐在鲁米利亚咖啡馆。马哈茂德师傅问："我们挖了有几天了？"他总喜欢三天两头问我这个他心知肚明的问题。

"二十四天。"我认真地说。

"算上今天了吗？"

"是的，今天我们已经干完活了。今天也算上了。"

"我们砌的墙总共有十三四米。"马哈茂德师傅说着，突然直勾勾盯着我的眼睛，仿佛那个让他失望的人是我。

一起摇辘轳时，他已然更频繁地用这样的眼神看我。每当那时，我既对他有一种负罪感，又想背叛逃离，并对逃离的想法感到恐惧。

猛然间，我心跳加速，一动不动，呆若木鸡：红发女人和她的家人正从广场穿过。

若跟过去，马哈茂德师傅就会明白我是迷上了她。我的神志还无从抉择，双腿已经付诸行动。我没给马哈茂德师傅留下只言片语就离开桌旁。在他们还未逃离视线之前，我先径直走到广场对角，让马哈茂德师傅以为我要去邮局给母亲打电话。

红发女人比我记忆中更加高挑。为什么要跟踪他们？我甚至不认识他们。然而跟在他们身后让我感觉良好。我想让红发女人再次带着"我认识你"的怜爱目光看向我。仿佛那女人怜爱和嘲笑的眼神，她的爱，会让我认识到这个世界是多么美好。我一面这样感觉，另一面又在思索，我内心的全部感受不过是一个个空洞的幻想。

那时我会想："我，在没人看到的时候最像我。"这个想法是我的新发现。当没有人关注你时，内心潜藏的另一个人就会冒出来随心所欲。倘若你有父亲，并且他能够看到你，那你内心的那个人就会潜伏。

红发女人身边有个男人，我以为是她的父亲。他们在前，她母亲和弟弟在后。我靠近他们以便能够听到谈话的内容，却什么都没有听清。

来到太阳电影院，他们在所有人路过时都会从墙缝蹭看电影的地方停下。五六步开外另一个离银幕更近的小缝隙处没有人，我站在那里，就在他们和银幕之间，但我几乎没注意到银幕上演了些什么。我的目光全在他们身上。

这个距离让我明白红发女人的脸并没有记忆中的漂亮。也许是银幕的蓝光打在她皮肤上的缘故。不过，她浑圆、美丽的嘴唇和她的眼神里有着同样怜爱、开玩笑的可爱表情。正是靠了这眼神的魔力，我得以在三周多的挖井学徒生活中支撑下来。

她边看边笑，是因为银幕上的东西逗趣、好玩吗，还是因为别的什么？我猛然回身，明白红发女人不是对着银幕，而是看着我笑。她仍旧用那样的眼神看着我。

我浑身冒汗，想走近和她说话。她应该至少比我大十岁。

"好了，我们已经晚了，走吧。"我认为是她父亲的男人说。

我记不清那一刻做了什么，不过似乎我离开自己的位置，站在了他们面前。

"怎么回事，你在跟踪我们？"红发女人的弟弟说。

"图尔加伊，这是谁？"他们的母亲问。

"你在干吗？"红发女人的弟弟图尔加伊问道。

"这人是当兵的？"他们的父亲说。

"不是兵，是小少爷……"他们的母亲说。

我看到红发女人听到她母亲的话笑了，脸上仍旧是迷人的美好表情。

"其实，我在伊斯坦布尔读高中，"我说，"不过，我现在正在那边跟师傅挖井。"

红发女人专注地盯着我的双眼："哪天晚上，你和你师傅一起来我们的剧场。"说完，她就和其他人一起走远了。

他们向帐篷剧场的方向走去，我没有尾随，不过一直目送他们到拐弯处。发现他们实际并非一家人而是一个剧团的，我开始想入非非。

回到师傅身旁时，我看到了三个礼拜前跟红发女人初次相逢的那天在我们身旁拉车的疲惫的老马。马被拴在一个木桩上，吃着旁边的草。它的眼神变得更加忧郁。

14

第二天，临近午歇时，井下的阿里发出一阵喜悦的尖叫。他说岩石没了，看到了松软的土壤。马哈茂德师傅把他拉上来，自己迫不及待地下去。不一会儿，他上到地面，宣布岩石的部分消失了，下面即将出现深色的土壤，水很快就会出来。他抽着烟陷入幸福的幻想，在井边来来回回地走动，让我们开心不已。

那天，我们一口气干到很晚，由于疲累，没去镇上。早上天一亮又起来接着干。然而，井里出现了极度干燥的暗黄色土壤。这种土如此之软，以至于大多数时候甚至不用挖。马哈茂德师傅直接用铁铲把土铲进桶，我和阿里把不太重的桶快速地拉上来，清空。不久我便陷入绝望。

十一点不到，马哈茂德师傅上到地面，我们把阿里放下去。

"慢一点，别弄出灰来。"马哈茂德师傅对他说，"挖太快的话，你会被灰尘呛死，连上面的阳光都看不见。"

实际上，我们俩都明白，以目前挖出的土壤判断，附近根本没有水，但我们从来不谈论这个话题。早晨，阿里发现这种类似沙子的土完全迥异于岩石下混杂的土壤，便开始向一旁倾卸。我也把从井下拉上来的沙土倒在他新开辟的这块地方。

晚饭后，我们去了恩格然。坐在鲁米利亚咖啡馆里，我再次明白，自己将无法对师傅说起我思忖了两天的事：红发女人也叫他去看戏。我想在剧场独自欣赏红发女人。更何况，我惶然感觉到，如果马哈茂德师傅知道我对红发女人的关注，必定会加以干涉，我也会与他发生冲突。我还从来没有像现在害怕马哈茂德师傅这样怕过父亲。我不知道这种恐惧是如何占据我内心的，但我知道红发女人更加剧了这种感觉。

茶没喝完我便起身道："我去给母亲打电话。"转过拐角，我犹如在梦中奔跑般直奔剧场的黄色帐篷。

一看到帐篷明亮的黄色，我立刻激动起来，如同儿时看到从欧洲来到多尔马巴赫切的马戏团帐篷。我重复着海报上的字，不过什么都没记住。这时，旁边新挂的一张大报上的黑体大字让我吃了一惊：

最后十天

我梦游般走在大街上。既没看到门口卖票的男人，也没看到图尔加伊（我猜他是那个男人的儿子），更没看到红发女人和她母亲。离开演还有段时间。我从饭馆街的窗户向里张望，一下子看到图尔加伊坐在一个热闹的桌旁，便走了进去。

饭桌上没有红发女人。图尔加伊见到我，用手示意。我坐在图尔加伊旁边，谁也没有在意。

"哪天晚上你让我进去看戏，"我说，"总之我会付钱。"

"钱不重要。你哪天晚上想看，提前到这家餐厅来找我。"

"你们又不是每天晚上都来这里。"

"你跟踪我们？"他扬起眉，略微嘲讽地笑笑，用夹子往一只空杯子里夹了两块冰，又倒满库吕普[1]拉克酒。"拿着！"他说，把细长的酒杯塞到我手里。

---

[1] 库吕普：酒的牌子。

"你要能一次干了,我从后门带你进去。"

"今晚不行。"我说,却像个自信的老油条一样,把拉克酒一饮而尽。然后我匆忙赶回马哈茂德师傅身边。

坐在桌旁,我感觉自己已经难以违拗师傅。找水的责任和为此付出的辛劳把我、他和井绑在了一起。不过我既已决心拿了钱回家,那就可以违背他了。这当然也意味着因害怕而放弃了找水,俨然那些一遇困难便放弃了事业的懦夫。

拉克酒融进我的血液。回去的路上爬过坟地山坡时,我感觉所有的星星仿佛都是脑海中的一个念头,一个瞬间,一种信息,一种记忆。人无法同时思考这一切,却可以看到它们。这就好比我脑中的词汇不足以形容脑中的幻想。这些词语力有不逮,无法完全传达我的情感。

也就是说,情感就像我面前璀璨的天空,是一幅幅画。我能够感受整个宇宙,但思考它仿佛更加困难。正因如此我才想成为一名作家。写作时我会去思考,把我无法向自己形容的画面和情感付诸笔端,况且,我会比光顾书店的德尼兹大哥的朋友们做得更好。

大步流星走在前面的师傅偶尔停住脚步,在黑暗中回身喊道:"你在哪儿呢?"

我从田间抄小路，脚常常会被什么东西绊住。我惊慌地停下来望着美丽的苍穹。夜晚的清凉垂落草丛。

　　"亲爱的师傅！"我朝黑暗中喊，"我们井里每一块含镍、含铁的岩石一定是从天上落入这里的流星。"

15

　　不是三天，而是整整五天后，土地主哈伊利先生乘卡车到来。他知道我们还没有找到水，却表现得似乎并不在意。他还带来了妻子和比我年幼几岁的儿子，边走边向他们指点找到水后将在这里矗立起的洗染坊的位置。然后他看着手里的蓝图，挪动步子——指出库房、行政办公楼和工人食堂将建在哪里。哈伊利先生的儿子，脚穿一双崭新的足球鞋，怀抱从卡车上拿下来的塑料足球，听父亲讲着。

　　随后在地皮一角玩起足球的父子俩，用石块垒成球门，互射点球。孩子母亲在我的那棵核桃树下铺了块垫子，开始摆放随身带来的篮子里的食物。她让阿里邀请所有人共进午餐时，马哈茂德师傅坐立难安。因为他明白，这顿华丽而毫无必要的野餐是哈伊利先生谋划已久的、为找到水而设的仪式。或许哈伊利先生对找到水的那天做了很多幻想。马哈茂德师傅勉为其难地和我们一起挨边坐在垫子上，把煮鸡蛋、洋葱西红柿沙拉和卷馅饼每样吃了一口。

午餐结束后，哈伊利先生的儿子靠在母亲身旁睡着了。肥胖、壮硕而和蔼的母亲一边抽烟一边读着《早安报》。微风拂过报纸边，发出沙沙的声响。马哈茂德师傅再次把哈伊利先生领到我们倒土的地方，我凑了上去。从土地主忧郁的脸上，我读出他的想法——井里没有出水，短时间内不会出，甚至永远不会出水。

"恕我斗胆请求，哈伊利先生，您再给我们两三天……"

马哈茂德师傅用一种直抵深处的低沉声音说出这句话。我为亲眼目睹师傅沦落到如此境地感到难堪，并对哈伊利先生感到气恼。

哈伊利先生回到核桃树下，和妻子、孩子说了会儿话又走回来。

"马哈茂德师傅，上次我来的时候，你让我宽限三天，"他说，"我给了你超过三天的时间。但是仍然没有水。此地的土壤糟糕透顶。我不想在这里挖了。不要让我们成为第一批选择错误地点挖井最后放弃的人。你在地皮——你比我懂——另找一处新挖一个。"

"某个脉络会在我们最意想不到的时候突然改变，"马哈茂德师傅说，"我会继续在这里挖。"

"如果找到水，你就通知我。我会立刻跳上卡车赶来，还会给你们更丰厚的赏钱。不过，我是个商人，不可能在没有水的地方无止境地砌水泥。从今往后我将不再提供日薪、材料和钱。阿里也收工回去。如果你打算在别的地方开辟新井，我再派阿里来。"

"我会在这里找到水的。"马哈茂德师傅说。

他和哈伊利先生闪到一旁，最后一次结清包括日薪在内的钱。我清楚地目睹哈伊利先生把钱给了师傅，没有纠纷、两不相欠。

哈伊利先生的妻子派阿里送来野餐剩下的煮鸡蛋、馅饼、西红柿和为我们带来的西瓜。她为丈夫的事业感到忧心，也同样为我们感到难过。

"我们送你回家。"说着，他们把阿里也带上车。一时间，就只剩下我和师傅。我们久久地望着车厢里回身向我们挥手的阿里。我又一次领略了世间的沉寂。听不到伊斯坦布尔的呼啸，只有知了没完没了的鸣叫。

下午没有开工。我懒懒地躺在核桃树下进入梦乡。脑子里闪过一些念头，像是红发女人、成为剧作家、回家的时光以及白西克塔什的朋友们等等。傍晚，我在黑莓树丛包围的水泥炮台入口观察一个蚂蚁窝打发时间，师傅走了过来。

"孩子，我们还得继续干一个礼拜，"马哈茂德师傅说，"我先欠着你的……但愿下个周三我们结束一切收工。到那天，我们还能拿赏钱。"

"师傅，要是这糟糕的土壤没完没了，出不了水呢？"

"相信师傅，听我说，后面的事交给我。"师傅看着我的眼睛说。他先抚摸我的头发，又搂住我的肩膀："你将来会成为了不起的人物，我知道。"

我已拿不出丝毫力气对他说不。这让我暗自气恼和沮丧。记得最后我还是想："只有一个礼拜。"我当然也想到在这一个礼拜里见红发女人和看戏的事。

16

　　糟糕的土壤并未在此后的三天改变颜色。鉴于我独自一人摇辘轳吃力，马哈茂德师傅不把桶填满，这也大大降低了我们的速度。土壤过于松软，逐渐下潜的师傅并没有太多活要干。我放入井下的桶，他三五铲就填满了，立刻喊："拉！"

　　我抓着辘轳的一只摇臂把半满的桶拉上来，把土倒入车里，很是花工夫。师傅在下面等得不耐烦，有时嘟囔，有时还会喊叫。有时我推着车奔跑或是倾倒灰土时精疲力竭，便坐在地上休息。回到井边，就听到师傅更大嗓门的抱怨。有时，速度实在太慢，他就让我拉他上来，喘口气，问我为什么这么磨蹭。用辘轳拉他上来最是困难，看到我因此筋疲力尽，他觉得不好再责备："我的孩子，你累了。"说完他就坐在橄榄树下抽烟，默默地等着。"我的孩子"这个称呼深深地触动我，让我的大脑一片茫然。我也走向核桃树躺下。没过多久，我就听到师傅半劝导半命令的声音。我们继续挖了起来。

每晚，我们一起去恩格然。每次，我都会从鲁米利亚咖啡馆摆在人行道上的桌子旁离开，在恩格然的街道上来来回回地溜达，期盼与红发女人相遇，或是溜进剧场的帐篷。黄色剧场帐篷还在那里，但头两个晚上我却没能遇到他们。

第三天晚上，我正走在木匠铺的那条街道，红发女人的弟弟图尔加伊从后面追上来。

"挖井徒弟，你有心事啊！"

"你让我进剧场，"我说，"我买票进。"

"跟我去饭馆。"

我们一起走进挂着纱帘的解放饭店，坐到演员那桌。"看戏之前，你得学会按规矩喝拉克酒。"图尔加伊说。

其实他看起来比我大五六岁。他打趣地在我面前放了一杯加冰的拉克酒，我照旧大口喝着，此时图尔加伊和桌旁的人窃窃私语了片刻。我是不是晚了？马哈茂德师傅在等我吗？如果今晚他们让我进剧场，我就不管马哈茂德师傅了。

"改天晚上，还是这个时间，这个地点。"图尔加伊说，"也带上你师傅。"

"马哈茂德师傅不喜欢酒馆和剧场。"

"我们叫他。星期日晚上，还是这个时间来这里。我父亲会带你进剧场帐篷。不用买票，不用给钱。"

没坐多久，我回到马哈茂德师傅身边。回去的路上，马哈茂德师傅讲着过去找到水时的幸福回忆。有一回，一个土地主在井边不远处设宴款待百十来人，宰了四只羊。水会在出人意料的时候突然从地下冒出来，让你大吃一惊。就像是真主把水喷在虔诚的挖井人脸上。开始的瞬间，水像小婴儿尿尿似的喷涌而出。挖井人看到水，笑得如同幸福地看着自己孩子的父亲。有一次，下面的挖井人看到有水出来，高兴得在原地欢呼雀跃，上面的人一慌，石头落入井中砸伤他的肩膀。还有一位老派地主，找到水后高兴得不知所措，每天去井边一遍又一遍让两个徒弟讲找到水的那一瞬间。每次去，他都会给讲故事的徒弟每人两张旧版的大纸币。现在已经没有这样的地主和绅士了：早年间，一个土地主绝不会对兢兢业业的挖井师傅说："我不干了，你愿意的话带着自己的人和钱挖吧！"倘若不给在自己土地上挖井的师傅提供饮食、花销、礼物和不论能不能找到水都要给的赏钱，土地主就会觉得很没面子。不过哈伊利先生是个非常好的人，我不应该误会他。等找到水，他一定会像过去的绅士们那样付给我们报酬，给我们许许多多的礼物。

17

第二天，从井里挖出的土壤更黄，更轻。拉桶时我感到干燥松散的土像稻草一样没有分量。带着粉尘的沙土里有薄膜般破烂不堪的皮；贝壳颜色的易碎物——仿佛我儿时玩过的塑料兵；皮肤颜色的上百万年的石头；看似透明的壳；鸵鸟蛋大小的奇怪岩石；还有如浮石般轻，放在水里能漂起来的石块。马哈茂德师傅越挖越感到离水渐行渐远。我们俩一句话也不说。

知道第二天晚上终于要进入剧场，我满心欢喜，以至于那天我对一切都满不在乎。师傅吩咐的每件事都超额完成。晚上我疲惫得难以站立。实际上，那晚我们也不需要去恩格然。吃过晚饭，我在帐篷一角躺下，看着星星睡去。

后半夜，我猛然惊醒，发现马哈茂德师傅不见了。我走出帐篷，在漆黑的夜里惊恐地游荡。仿佛整个世界都空空荡荡，宇宙中除了我没有任何其他生命。这种幻觉就像若有若无的风，令人毛骨悚然。不过每样事物都有着魔幻的美。我感觉头顶的星星正向我靠近，我面前有着非常美好的人生。会不会是红发女人请求图尔加伊明晚带我进剧场？马哈茂德师傅这个时间会去哪儿呢？

　　一股风猛烈地吹来，我钻进帐篷。

　　早上醒来，我看到马哈茂德师傅已经回来，旁边还有一包新的香烟。这天我们一直干到晚上，然而并没有太大进展。井底已经相当深，并常常被灰尘包围。小憩之后，我和马哈茂德师傅彼此浇水冲洗。我已经能够更加从容地面对他赤裸的身体。看着他身上的诸多瘀青和伤疤，看似魁梧实则瘦骨嶙峋的身躯，黯哑且布满褶皱的皮肤，我想我们是找不到水的。

　　那天晚上，我不想让马哈茂德师傅去恩格然，这样我就可以从容进入剧场帐篷。可时间一到，师傅说"我们去买烟"，便先行上路了。坐在鲁米利亚咖啡馆的老位置，我紧张不已。时间来到八点半，我一句话没说就站起身，走到饭馆街，幻想看剧之前能够跟红发女人在小酒馆说说话。然而，那里既没有红发女人也没有她的弟弟。一个人从他们惯坐的桌旁向我招了招手。

"九点五分，去帐篷后面，"他说，"他们今晚不在。"

起初，我把这句话理解为"他们今晚也不在剧场"，失望极了。我往面前的一个空酒杯里放入冰块——好像这是我和朋友们吃饭的桌子似的——斟满拉克酒，做贼般迅速一饮而尽。

出了饭馆，我从后面的街道走向帐篷，以免被马哈茂德师傅看到。九点过五分，我正在黄色帐篷后等着，里面出来一人立刻把我领进帐篷。

戏已经开演，帐篷内不满三十人。也许更多。我无法辨认黑暗角落的影子。顶部被裸灯泡照得通明，这也给上演"警世传说"的帐篷增添了神秘的气氛。帐篷内侧是黑夜般的深蓝，上面画着巨大的黄色星星。有些星星的后面拖着尾巴，有些则非常渺小和遥远。后来很多年的记忆当中，我们帐篷外的星空和"警世传说"帐篷里的天空将彼此更迭交错。

我醉意正浓，拉克酒已经充分融入血液。不承想，那晚在帐篷度过的一个小时中的某些见闻，如同我随意读过并记得的俄狄浦斯的故事一样，将昭示我的人生。我脑子里想的都是见到红发女人，而非去理解舞台上所表现的内容。因此，我将尽量结合多年后所做研究和书中所学，把那晚以混沌大脑所记忆的叙述出来：

警世传说剧场，努力延续着20世纪70年代中期至1980年军事政变期间，在安纳托利亚地区表演革命题材民间戏剧的巡回剧团的传统。不过剧目里也有很多非常古老的爱情故事、传统神话和史诗，伊斯兰教和苏非派故事多于反资本主义的片段。其中一些我完全不懂。我进去时，看到两段短剧，戏谑地模仿电视上某些受欢迎的广告。第一幕，穿着短裤、留着胡子的一个男孩手拿存钱罐走上舞台，问弯腰驼背的奶奶，他能用这些钱做些什么。老奶奶（我想是红发女人的母亲）则开了个让人捧腹的低俗玩笑，从而调侃了银行广告。

第二幕我没能全然领会，因为红发女人上场了：她身着迷你裙，露出美丽的大长腿，脖子和臂膀袒露。舞台上的她神秘、令人惊艳。她的眼睛上画着浓浓的眼线，美丽圆润的双唇涂成红色。口红在灯光下闪耀。此时，她拿了一箱洗衣液，说了些拿电视广告开涮的话。舞台上一只黄绿色的鹦鹉跟她一唱一和。鹦鹉是填充的道具，后台有人给它配音。这可能是家杂货铺，鹦鹉跟光顾小店的客人打趣，说一些关于生活、爱情、金钱等令人发笑的内容。忽然间，我以为红发女人在看我，心怦怦直跳。她笑容甜美，一双小手快速地移动。我坠入了她的情网，在拉克酒的作用下，完全不明白舞台上发生的一切。

每个短剧持续几分钟，一出接着一出。多年之后，我在书和电影里找到了其中一些的出处。其中一幕，我以为是红发女人父亲的男人戴着胡萝卜似的长鼻子登场。开始，我以为他演的是匹诺曹，若干年后才明白，男人念的是《大鼻子情圣》里一段长长的台词。那段短剧旨在表达"重要的并非外在美，而是心灵美"。

舞台上又上演了《哈姆雷特》里的一幕：哈姆雷特手持骷髅头和书，说着"生存还是毁灭"。这个片段之后，演员们集体唱了一首民歌，大意是说爱情不可靠，金钱才现实。这时，红发女人显然刻意地与我眼神交汇，让我意乱情迷。尽管被爱情和拉克酒冲昏头脑的我没能完全明白他们的台词、对白以及所表现的故事和场景，但我所看到的画面，就像红发女人的眼神一样令我刻骨铭心。

所有短剧中，我只看懂了《先知易卜拉欣》。因为这个宰牲节背后的故事，学校教过，父亲也给我讲过一次。膝下无子的先知易卜拉欣，由那个在帐篷前打发我的演员扮演。易卜拉欣久久地祈求真主赐给自己一个儿子。后来，他有了儿子（一个布娃娃）。转眼间，儿子长大了，先知易卜拉欣把一个小孩子演员——他的儿子——摁倒在地，用刀抵住他的咽喉。其间，他说了一些关于父亲、儿子和忠诚的深刻话语。所有人都为之动容。

沉默被红发女人的出现打破。她穿了一袭新衣，旁边有只玩具羊。现在她是一个天使，纸板做的翅膀和新妆容很适合她。我也和大家一起为她鼓掌。

最后，也是最动人的一幕，像一幅画令人难忘。观看的过程中我就知道，这一幕必将令我震撼，不过我还无法完全理解整个故事。

舞台上出现身披战甲、头戴铁面具、手持宝剑和盾牌的两名古代武士。两人拔出塑料宝剑交锋时，喇叭里传来宝剑和盾牌敲击的声音。然后他们交谈了几句，又斗在一处。我以为，盔甲下面是图尔加伊和红发女人的父亲。两人掐脖子，抵胸膛，在地上翻滚又分开。

我也和其他观众一起捏了把汗。突然，年长的武士把年轻武士推翻，骑在身下，一剑刺入年轻人的心脏，了断了他的性命。一切都发生在电光石火之间。一时间所有人都目瞪口呆，全然忘了宝剑是塑料的，这只是戏。

年轻武士尖叫一声，但并未立刻死去。他还有话要说。年长的武士靠近正在死去的年轻人。他带着战胜对手的武士的自信摘下铁面具（是那个我认为是红发女人父亲的男人），看到奄奄一息的年轻人手腕上的手链顿时乱了手脚，甚至陷入惶恐。随后，他摘下年轻人脸上的面具（不是图尔加伊，是另一个演员），痛苦地倒退几步，做着表明这是个错误的夸张姿势。他感到痛苦万分。这群观众刚刚还在笑他们模仿电视广告，此时却都敬畏地凝神屏息，因为红发女人也在为年轻武士落泪。

　　年长的武士坐在地上，把奄奄垂绝的年轻武士搂入怀中开始哭泣。他的哭泣发自肺腑，剧场里的每个人都始料未及地被感动了。年长的武士懊悔地哭着。

　　这种懊悔的情绪也传染给我。我从没见过这种感觉在电影、连环画里被表现得如此直白。那一时刻之前，懊悔对我而言还只是用语言表达的东西。此时，仅仅是观看舞台上的懊悔，我就感到痛苦。我所看到的，仿佛是自己所经历却忘记的一种记忆。

　　红发女人从两名武士的身后看着他们，痛心疾首，如同企图杀死彼此的两个男人一样后悔。她开始更加泪水汹涌地哭泣。或许两个男人也是一家人，如同红发女人和她周围的人一样。剧场帐篷里听不到任何其他声音。红发女人的哭泣变成了悲叹，转而成为一首诗。这诗长如故事，摄人心魄。我听着红发女人在最后一段长长的独白中愤怒地讲述着两个男人，以及和他们在一起的生活，不过黑暗中她很难辨认出我。仿佛如果不能与她四目相对，我便无法理解并记住她讲的一切。我感觉到一种势不可挡的欲望，想跟她说话，想亲近她。随着红发女人诗一般的大段独白结束，演出也到达尾声，为数不多的观众瞬间散去。

18

　　我拖着慢吞吞的脚步从剧场帐篷出来，看到红发女人站在卖票的桌子旁。

　　她脱下了戏服，换上便装，身上是一条天蓝色的长裙。

　　在原始的爱情、舞台上的所见所闻以及拉克酒的作用下，我心醉神迷，以至于我无法感受此时此刻，那一瞬间我以为自己是在过去的某处，或是自己编织的幻想里。更何况，每件事都如记忆般支离破碎。

　　"喜欢我们的表演吗？"红发女人笑着说，"谢谢你捧场。"

　　"非常喜欢。"在她甜美笑容的鼓励下，我壮着胆子说。

　　若干年后的今天，我甚至还妒忌地想对读者隐瞒她的名字。

不过，我必须坦诚地讲出故事的全部。因为我们互道了名姓介绍自己，俨然电影里的美国人：

"杰姆。"

"居尔吉汗。"

"你演得非常好，"我说，"看戏的时候我特别注意了你。"我勉强让自己对她称呼"你"。因为她的岁数比我从远处看到的、我所以为的还要大。

"井挖得怎么样了？"

"有时候我觉得水是不会出来了。"我说。我希望能够说："其实我是为了能见到你才留在恩格然的！"不过，这可能会吓到她。

"昨天，你师傅也来我们帐篷了。"红发女人说。

"谁？"

"马哈茂德师傅。他坚信能够找到水。他也很喜欢戏剧，喜欢我们的表演。我们开了票，他给了钱。"

"事实上，马哈茂德师傅一辈子都没看过戏，"我妒忌地说，"有一回我提到了俄狄浦斯和索福克勒斯[1]，他生我气了。你们

---

[1] 索福克勒斯（Sophocles，约公元前 496—前 406）：古希腊悲剧诗人。

是怎么说服他的？"

"他是对的，希腊戏剧在土耳其受抵触。"

红发女人是想让我嫉妒马哈茂德师傅吗？

"不过，他是因为戏里儿子睡了母亲而生气。"

"昨天，戏的结尾父亲杀死儿子他可一点没生气，"红发女人说，"他非常喜欢古老的故事和神话。"

难道表演结束后，她也找马哈茂德师傅聊天了？我无论如何都没法相信马哈茂德师傅晚上在我睡着后，像那些得到在恩格然逛街许可的士兵一样跑去看戏。

"其实，马哈茂德师傅对我非常严厉，"我说，"他眼里除了找水，没有其他。他也不希望我进剧场。他要是知道我今晚到这里来，会生气的。"

"别担心，我会跟他谈。"红发女人说。

我感到妒火中烧，一时竟说不出话来。马哈茂德师傅和红发女人已经成为朋友了？

"你师傅特别专横，特别严厉吗？"红发女人问。

"其实，他也像慈爱的父亲一样护着我，跟我做朋友。不过他总是希望我服从他所有命令，事事顺从他。"

"那你就顺着他，这有什么。"红发女人甜美地笑着说，"他又没强迫你做学徒……你们家真的一点钱都没有吗？"

马哈茂德师傅是不是对红发女人说了我是个小少爷？他们提到我了吗？

"父亲抛弃了我们！"我说。

"也就是说，对你没有尽到父亲的职责，"红发女人说，"你也另外给自己找一个父亲。在这个国家，每个人都有很多父亲。国家父亲，真主父亲，帕夏父亲，黑手党父亲……在这里没有父亲无法生存。"

现在，我发觉红发女人既美丽又很聪慧。"我父亲曾经是个马克思主义者。"我说（我为什么说"曾经"呢？），"他在审讯中受刑。我小时候，他蹲了很多年监狱。"

"你父亲叫什么名字？"

"阿肯·切利克。不过我们药店的名字不叫'切利克'，叫'生活'。"

红发女人呆呆地出神，沉浸在自己的世界，久久没有说话。我父亲是马克思主义者何以会触动她？也许我误会了：她只是累了，陷入沉思而已。我跟她讲在生活药店值班的父亲，说到我为他送饭，还说到白西克塔什的集市。她认真地听着。不过我不太喜欢提到父亲，正如不喜欢谈论马哈茂德师傅。我们沉默了一阵。

"我们，还有我丈夫住在这里。"她指着我无数次从前面经过，盯着窗户看的那栋楼说。

我的心碎了，感到被欺骗般的愤怒。但即使醉着我也能够想象，在行走于土耳其各个城市勉强糊口的政治剧团中，这样年纪的女人应该已经结婚了。为什么我早没有想到呢？

"你们住在几层？"

"街上看不到我们房间的窗户。我们住在进门这层，一个请我们来恩格然的毛主义者的家里。图尔加伊的父母住在上面。我们的窗户对着后院。图尔加伊说你从这里经过时盯着窗户看。"

秘密被揭穿让我羞愧难当。不过红发女人甜甜地笑了。圆润的美丽嘴唇非常迷人。

"晚安，"我说，"今天的表演非常棒。"

"不，我们走到那里，再走回来。我对你父亲的事很好奇。"

我必须对多年后读到我故事的好奇读者做以下说明：那个年代（即使在戏剧里也是如此），一个三十岁出头的迷人的红头发女人，化着妆，穿着漂亮蓝裙子，在夜里十点半对一个男人说"我们再走一会儿"，对大多数男人来说——很遗憾——

只有一个意思。当然，我不是他们中的一个，我只是个难掩天真爱情的高中生。更何况这个女人是有夫之妇，这里也不是亚洲安纳托利亚中部，而是欧洲鲁米利亚。此外，我的思想里有一个左派的政治道德，也就是我父亲的道德。

我们一声不吭地走着——我这样想——不知不觉，两人也就如是这般默默地走了一阵。黑暗的角落不那么黑了，恩格然小镇的上空没有星星。有人把自行车倚靠在车站广场的阿塔图尔克雕像旁。

"他跟你讲政治吗？"红发女人说。

"谁？"

"你父亲的左派朋友来家里吗？"

"事实上父亲很少在家。父母都不想让我参与政治。"

"你父亲怎么没让你成为左派？"

"我要当作家……"

"你也给我们写部戏吧。"她神秘地笑着。现在，她又轻松愉悦起来，一种迷人、妖娆的气质随之而来。"我一直希望能有像我的最后独白似的一部戏，一本书，把我的人生也写在里面。"

"最后大段的独白我没完全听懂。有文稿吗？"

"没有，那是我即兴发挥的。一杯拉克酒也起了作用。"

"其实，我一直想写戏剧，"我用高中生自诩无所不知的愚蠢口吻说，"不过，我得先读戏剧作品。我要读的第一本名著是《俄狄浦斯王》。"

车站广场在七月的夜晚就像记忆般熟悉。深夜的昏黑遮盖了恩格然的贫穷和破败，在黯淡的橘色灯光下，车站大楼和广场都变身为足以印在明信片上的有趣地方。广场上军用吉普车缓缓转动的刺眼的前灯，照亮了一旁的狗群。

"他们是在找那些惹事的散漫分子、逃兵。"红发女人说，"不知为什么，这里的士兵非常下流。"

"你们难道不是在周六、周日专门为他们表演吗？"

"我们需要挣钱……"她紧盯我的眼睛，"我们是民间剧团，不是吃皇粮的国家剧场。"

她探身拿掉沾在我领子上的一根稻草。我感觉到她的身体，长长的双腿和乳房近在咫尺。

我们默默地往回走。来到杏树下，红发女人的眼睛似乎由黑变绿了。我心中焦躁不安。远处，是最近一个月我一次又一次看着窗户的那栋楼。

"我丈夫说，在你这个年纪中，你已经算很能喝拉克酒的了。"她说，"你父亲喝吗？"

我用点头回答她"是的"，脑子里却在想我和他丈夫是何时、怎样同坐一桌。我不记得了。不过也不想问，我心痛得只想忘掉这些。况且，挖井结束后就再也见不到她的想法，现在已让我如孩子般痛苦。这种痛苦比起被人发现我痴迷于看她的窗户（其实不是）还要沉重。

　　我们在离公寓一百米的一棵杏树下停住。我现在甚至想不起来先停下的是她还是我。我觉得她非常聪明、和善。她对我甜美、怜爱地微笑，脸上带着从舞台看向我的眼睛时那种坚强而乐观的表情。那一刻，懊悔的情绪从我心头掠过，那是看着舞台上哭泣的武士父亲和他儿子时所感受到的那种情绪。

　　"图尔加伊今晚在伊斯坦布尔，"她说，"你要是也像你父亲一样喜欢拉克酒，我给你倒一杯他的酒。"

　　"非常乐意，"我说，"我也跟你丈夫认识一下。"

　　"图尔加伊就是我丈夫，"她说，"上次你们还坐着喝酒呢。你说，把你带进剧场。"

　　为了消化这不可思议的事情，我沉默了一会儿。"因为跟一个比自己大七岁的女人结婚，图尔加伊有时会不好意思并隐瞒我们结婚的事。"她说，"别看他年轻，却很聪明，是个很好的丈夫。"

我们又继续往前走。

"我还在想，什么时候和你丈夫坐着喝酒来着。"

"那晚，你和图尔加伊在饭馆里喝了库吕普拉克酒。家里还有半瓶。毛主义老朋友那里还有本地的白兰地。他最近就要回来了，到时我们也该走了。我会想你的，小少爷！"

"什么意思？"

"你知道，我们在这里的期限到了。"

"我也会很想你的。"

公寓前，我们的身体靠得很近。此刻我感觉她让我头晕目眩。

她掏出钥匙开大门时说："还有冰块和烤鹰嘴豆配拉克酒。"

"烤鹰嘴豆就不必了。"我带着一种有急事在身，无法久留的语气说。

大门开了，我们穿过漆黑狭窄的入口。黑暗中，我听到她在钥匙扣上寻找另一把钥匙的声音。就在此时，她按下打火机，在火光照射的可怕阴影里找到钥匙和锁，打开门进入房间。

她打开入口处的灯，转向我："没什么可怕的，"她笑着说，"瞧，我和你母亲岁数相当。"

19

那晚，我平生第一次和女人上床。荡魂摄魄，美妙绝伦。我对于人生、女人和自己的想法豁然有了改变。红发女人教我认识自己，认识幸福。

是年，她三十三，也就是说，她活过了我人生的整整两倍，看起来却似经历了我的十倍。那天我并未在意能让我学校和小区的伙伴们饶有兴味和为之惊叹的年龄差距。经历之时，我便知我不会对任何人细细道出自己的体验。因此，我不会讲朋友们好奇的那些细节，即使讲了他们也会说"胡扯"。不过，红发女人的身体确实如我猜想的那般出色。她做爱时舒展、大胆甚至略微下流的举动让我的经历变得更加不可思议。

我干了图尔加伊的拉克酒，又在最后时刻喝了一杯把房子当广告牌作坊的毛主义老朋友的白兰地，直到后半夜离开恩格然时，走路打晃、如在梦中的我，仿佛置身事外地看着自己经历的每个瞬间。似乎想着我是多么幸福的那个人不是我，而是从外面看到我的另外一个人。

爬过坟地的山坡时，对马哈茂德的畏怯占据了我的内心。我想要保护自己感受到的澎湃诗意免遭他的责骂。况且，他可能还会嫉妒我。过了坟地（连猫头鹰都睡着了），抄近道时，我被地上的一处凸起绊倒，软软地摔倒在草丛里，看到上面璀璨的天空。

就在那一刻，我发现宇宙万物多么美妙。急什么呢？我为什么那么怕马哈茂德师傅？倘若红发女人说的是真的，那么他也进黄色帐篷看了戏。不知怎的，我感到嫉妒，我无法相信，而且想忘掉散戏之后他们见面交谈的事。与此同时，我知道因为跟红发女人这样的女人上床，我的自信大增，感觉无所不能。井里是不会出水了，不过我会拿钱回家，上补习班，在高考中拿个好成绩，成为作家，我的人生会像眼前的星星一样闪耀不息。我有自己的命运，注定的。我看到并接受它。或许我还会写一部关于红发女人的小说。

一颗星划落。我全神贯注在这七月的天空，深深感受着眼前的和脑海里的世界彼此纠缠。仿佛如果我读懂这一切，星星的秩序就会告诉我人生的所有秘密。一切都实在太美了，一切都如繁星。那晚我更加明白，自己会成为一名作家。为此，人只需要观察、看见，理解和用词汇表达自己所见。我对红发女人充满感激。这个世界上，万物在我脑海里合而为一，成为唯一的意义。

又一颗星坠落。或许，只有我看到了它。我想我存在。这是一种奇妙的感觉。我能够像数"知了知了"的叫声一样数星星。我在这里：1，2，3，5，7，11，13，17，19，23，29，31……

我感觉着后背和脖颈上的草，想起红发女人在我皮肤上的触摸。我们在卧室，在沙发上，在没有完全熄灭的灯光里做爱。红发女人的身体，丰满的乳房和打在古铜色皮肤上的光在眼前挥之不去，我记得她美丽的双唇的吻，记得她在我身体每个角落的抚摸，我还想和她做爱。不过，当然这是不可能的，她的丈夫图尔加伊明天就要从伊斯坦布尔回来。

在恩格然那些寂寞的夜晚，图尔加伊关心我，好心好意跟我交朋友。而我，却在朋友去伊斯坦布尔的夜晚，睡了他的漂亮妻子，我背叛了他。为了证明自己并非不可靠的混蛋，我晕晕乎乎地为自己的罪行找各种借口。我对自己说，事实上，得知红发女人和图尔加伊是夫妻的时候，生米早已煮成熟饭。况且，图尔加伊也不是我的铁哥们——总共才见过三四面。给士兵表演肚皮舞，讲下流故事，四处漂泊的剧团演员根本不相信什么家庭观念。没准，图尔加伊也和别人一起欺骗自己妻子呢。或许，他们还会彼此讲述各自的奇遇。或许，红发女人明天就会对图尔加伊述说和我度过的时光。又或许，她连这些都不会做，她会忘了我。

我感到沮丧，陷入看戏时经历的懊悔。在戏院看到的一切为何会让我有这样的感觉，我不明所以。马哈茂德师傅可能看了同样的戏，这激起了我心里的妒忌。他们俩，红发女人和马哈茂德师傅，在剧场外见面了吗？

踏在枯草上的脚步声正接近挖井人那顶可怜的小帐篷。天空那么广阔，宇宙如此无限，而此时我却要走进那个小地方，蜷缩起来。

马哈茂德师傅睡着了。我正悄无声息地躺进自己的床铺，他说："你干吗去了？"

"我睡着了。"

“你把我一人撂下。是不是去剧场了？”

“没有。”

“四点了。明天是大热天，睡眠不足你怎么干活？”

“我觉得无聊，他们让我喝了拉克酒，”我说，“太热了。回来的路上，我躺着看星星，就睡着了。师傅，我睡了好久。”

“孩子，别说谎！挖井开不得玩笑。你看，水差不多快出来了。”

我不作声。马哈茂德师傅走了出去。顺着帐篷的缝隙我看着星星，以为自己会忘记马哈茂德师傅很快睡去，然而我的脑子却惦记着他。

他为什么会问我去没去剧场？马哈茂德师傅会不会是嫉妒？像红发女人那样有文化的一个剧团演员，当然不会在意马哈茂德师傅这样一个农民。不过红发女人精灵古怪。事实上，也正因如此我才会立刻爱上她。

我走出帐篷，跟在马哈茂德师傅身后。我不敢相信自己的眼睛，但夜里这个时候，他却直奔恩格然。我心里有种遏制不住的嫉妒和愤怒。在没有尽头的黑夜里，我就着星光艰难地辨认出马哈茂德师傅黑暗的身影。

但过了一会儿，他改变方向，朝着我的那棵核桃树走去。

点烟时，我看到他坐在树下。我躺在草丛间，在远处等着马哈茂德师傅抽烟，等了很久。我只能看到烟头上橘色的光。

　　确认他没有去恩格然，我先回帐篷躺下了。但那个夜晚我远远看着他的情景，多年来萦绕眼前。有时我在梦里成为第三只眼睛，从远处同时看着马哈茂德师傅和跟踪他的年少时的我。

20

　　清晨，我跟往常一样早早醒来。此时的太阳如同一把修长的黄色宝剑刺入帐篷狭窄的缝隙。我最多睡了三个小时，却似乎休息得很好。况且，昨晚与红发女人缠绵后，我感觉自己更加强壮了。

　　"睡够了吗，脑子还清醒吧？"马哈茂德师傅边喝茶边问。

　　"没问题师傅，我壮得跟狮子一样。"

　　两人只字未提我半夜回来的事。马哈茂德师傅率先下了井，最近四天一直如此。一个小黑点，在远远的井下用铁锹往一只更小的桶里填塞，间或喊声："拉……"

　　他在二十五米深处，不过在水泥管道般的另一端看起来更加遥远。有时，阳光刺眼，看不到水泥井底的他，我慌了神，赶忙探头，立刻感到跌落的恐惧。

把填满的桶拉上来越发艰难。绳子无法保持垂直，有时，正在上升的桶仿佛遇到了不知哪里刮来的一阵风，左右摇摆，撞击墙面。我们搞不懂为何如此。马哈茂德师傅没有意识到，桶会在下面某个地方画弧线，是我独自一人摇辘轳的缘故，那时他就在下面咆哮般喊叫，生怕头上会砸到什么。

离井口越来越远，人越来越小，马哈茂德师傅开始更加频繁、更大嗓门地叫喊。他会因为我放桶动作太慢吼叫，因为倒土时间太久吼叫，还因为干燥的沙土扬起的灰尘生气地吼叫。我心里总有一种负疚感。师傅的叫喊在水泥管道里的回音如奇怪的号哭从井口传到地面。

我常常想着红发女人甜美的笑靥，美丽的胴体，她激情地做爱的样子。想她，是一件美妙的事。趁着午休跑到恩格然去见她一面如何？

我庆幸自己在上面，不过酷暑中我的工作比马哈茂德师傅的累得多。我已略微适应了一个人摇辘轳——以前是我和阿里——但有时也筋疲力尽。

把拉上来的满满的桶放在旁边的木制底座上让我倍感吃

力。过去，我和阿里两个人都要小心翼翼地做这件事。先把桶升高，再撒手般猛然松开绳子，就在这一瞬间把桶轻轻拽向一旁，安置在木板上，这项工作靠一人完成难乎其难。

其间，我需要让挂在吊钩上的桶轻轻侧歪，因此有时最上面的沙土块、贻贝、石化的海螺会跌落到井下。

几秒后，井底会传来马哈茂德师傅的抱怨和咆哮。马哈茂德师傅说过很多次，贻贝壳和小石子从高空掉落会让人重伤，倘若落在头上就一命呜呼了。正因如此，他才没有把桶填得很满。这也大大拖延了我们的进度。

倒入手推车的沙土里都是黝黑干枯的贻贝壳。我把手推车卸在新辟的一处角落，汗如雨下。刚回井边就听到马哈茂德师傅含糊不清的责备，却完全听不清他在说什么。仿佛下面是一个萨满祖师，一个介于巨人和精灵之间的地下怪物，发出埋怨的、愤怒的嘶吼。

从十层楼高的地方根本看不出桶到底了还是停在上面一点，所以最后几米的时候我会暂时停下，锁住辘轳，等着师傅说"再来一点"。井底的马哈茂德师傅显得多么渺小，多么无助啊！

已经干了一个小时，我猛然头晕目眩，以为自己要掉进井里。倒土时我停下，躺在地上。我一定是睡着了，哪怕只有一分钟。

回到井边，下面传来马哈茂德师傅的牢骚。我把空桶放下去，但埋怨声并未停止。

"怎么了师傅！"我冲下面喊道。

"把我拉上去！"

"什么？"

"我说，把我拉上去。"

桶很沉，他一定是单脚站在里面。

拉师傅上来是最累的活。我消耗殆尽，大脑一阵晕眩。我贯注全身力气拉住辘轳的摇臂，幻想马哈茂德师傅放弃挖井，还我自由，并给我钱。等拿到钱，收拾好东西，我先去找红发女人，说我爱上她了，说她应该离开图尔加伊和我结婚。母亲会怎么说？红发女人肯定会笑我："我跟你母亲岁数差不多。"也许，午休时我会先在核桃树下睡十分钟。当你特别乏累，十分钟的睡眠能给你几个小时睡眠的能量，这是我在某个地方读到的。然后我再去找红发女人。

马哈茂德师傅从井口一露头，我立刻打起精神，努力掩饰自己的疲惫。

"孩子，你今天太慢了，"他说，"你看，我要在这里找水，而你呢，在找到水之前都要听师傅的话。所以，做事千万别拖。"

"好的师傅。"

"我没开玩笑。"

"当然了师傅。"

"一个地方若是存在文明、村庄、城市，都因为那里有井。没有无水的文明，也不存在没师傅的井。不服从师傅的人也当不了挖井人的徒弟。找到水，我们就发财了。"

"就算发不了财，我也跟您在一起，亲爱的师傅。"

马哈茂德师傅俨然老师般，对我嘱咐了很久，要集中精力、瞪大眼睛。在剧场看红发女人表演时，他脑子里是否也想着对我的叮咛？听了师傅的话，我恍如在梦中，却不作答，我不觉得有这个义务。红发女人的幻影再次浮现眼前。我感到难为情。

"去，把这件出汗的衬衫换掉。"马哈茂德师傅说，"待会儿你下去。下面轻松些。"

"好的师傅。"

21

　　井底唯一的工作就是用铁锹把带有贻贝、海螺、鱼齿的恶臭土壤装入桶中。也就是说，从干活的角度来说比上面轻松多了。然而困难不在于挖沙子、装桶和把桶送上地面，而是待在二十五米深的地下。

　　下潜时我便害怕了。一只脚踩在空桶里，两手紧紧抓住绳子，接近逐渐黑暗的井底时，我看见水泥墙的表面一闪而过的裂缝、蜘蛛网和奇怪的斑点，还看到一只惊慌失措的蜥蜴上下逃窜。地下世界仿佛在发出警告，因为我们把一个水泥管子插入了它的心脏。这里随时都可能发生地震，那样我就要长眠地下了。有时，我听到从地下传来嘶哑的奇怪声音。

"来了……！"马哈茂德师傅向我放桶时从上面喊道。

抬头向上看，井口显得那么遥小，我感到害怕，想立刻上去。马哈茂德师傅已经不耐烦了，我赶快一铲一铲用沙子填满桶，喊一声"拉！"。

马哈茂德师傅的力气远胜于我，他迅速地摇着辘轳把桶拉上去，小心翼翼地拽到一旁，卸在手推车上，然后立刻交还给我。

我纹丝不动，一直盯住上面观察这一切。如果能够看到马哈茂德师傅，我在下面就不孤单。马哈茂德师傅闪到一旁去倒土，井口立刻现出一块圆圆小小的天空。多么奇妙的蓝色！它是那么遥远而美丽，就像望远镜倒过来看到的世界。

直到马哈茂德师傅再次出现在井口向下放桶之前，我一直站在原地一动不动地看着上面，欣赏望远镜另一端的天空。

过了很久，再次看到马哈茂德师傅像只蝼蚁般出现在上方，我才松了口气。不一会儿，桶落下来，我把它放到地上，冲上面喊："好了！"

马哈茂德师傅去倒车里的沙土，他小小的身影一消失，恐惧立刻包围了我。万一他的脚被什么绊住，遭遇不测怎么办？万一他为了让我学规矩、长教训，一时半会儿都不出现怎么办？……如果马哈茂德师傅知道我和红发女人那晚的事，会想要惩罚我吗？

我挥了十来下铁锹把桶填满，紧张不安中，带着直奔地底的劲头又挖了一会儿。然而一时间，我的眼睛在黑暗和灰尘中什么也看不见。井底更加昏暗。白色的沙土异常松软。显而易见，这里不会出水。我们在这里白白担惊受怕，浪费时间。

出了井我就去恩格然找红发女人。图尔加伊说什么一点都不重要。她爱我。我要对图尔加伊和盘托出。也许他会揍我，甚至开枪。红发女人看到我大白天出现在她面前会怎样？

我靠着这点念想压制恐惧，把填满的桶向上运了三次后（我数了），又慌乱起来。马哈茂德师傅回到井边的速度更加缓慢，地下传来声响。

"师傅，师傅！"我冲上面喊。蓝色的天空跟钱币一样大小。马哈茂德师傅去哪儿了？我开始拼命叫喊。

终于，师傅出现在井边。

"师傅，拉我上去吧！"我喊道。

但他没有回答，而是走到辘轳旁把装满的桶向上拉。他听不到我吗？桶缓缓上升时，我的眼睛一刻也不曾离开上面。

桶到达顶端，马哈茂德师傅再次出现在井边。多么远啊！

我使出浑身力气叫嚷。但声音始终无法触及他，像在梦里。他清空桶，抓住辘轳摇臂把它放下来。

我又喊了一阵，但他没有听见。

又过了一段长得难以忍受的时间。我想象马哈茂德师傅现在正推车去空地，现在歪着车清空里面的沙子，现在往回走，现在应该回来了，但马哈茂德师傅没有回来。没准，他正在一旁抽烟呢。

马哈茂德师傅一现身，我立刻拼命叫喊。但他就好像什么都没听见。我当机立断单脚踩在空桶里，抓住绳子喊："拉！"

马哈茂德师傅缓缓转动辘轳，把我拉上地面时，我微微地颤抖着，但感觉很幸福。

当我脚踏木板正庆幸时，"怎么了？"他说。

"师傅，我不想下去了。"

"这个我说了算。"

"亲爱的师傅，你决定。"我说。

"好样的。你要是头一天就这种态度，没准我们现在已经找到水了。"

"亲爱的师傅，头一天我没经验啊。可是找不到水难道是我的错？"

他挑起一侧眉毛，试图在脸上增添怀疑的神情。我看得出，这些话不中听。"亲爱的师傅，我永远不会忘了你的。跟着你干活对我来说是人生课堂。可是，咱们还是放弃这口井吧，拜托了。让我亲吻你的手。"

马哈茂德师傅没有伸手。"再也不要提找不到水就放弃的话。好吗？"

"好吧。"

"现在，把你师傅放下去。到午休前还有一个多小时。今天我们多休息会儿。你可以躺在核桃树下，美美地睡一觉，好好歇歇。"

"真主保佑你，亲爱的师傅。"

"摇吧，我下去。"

我转动辘轳，师傅缓缓进入井中，消失在眼前。

我迅速清空桶，听师傅从井下传来的声音，拼命摇辘轳。我身上汗如雨下，偶尔跑回帐篷喝桶里的水。有一次，因为看到从桶里倒出的沙子里一个石化的鱼头骨，我的动作慢了下来。刚一迟缓，井底就传来马哈茂德师傅的抱怨。每当我不堪劳苦、精疲力竭的时候，眼前就会浮现红发女人的乳房、她的肤色和身影。

一只好奇的黄白斑点的蝴蝶兴高采烈、悠闲自在地穿过草丛，经过帐篷和辘轳，越过井口向前飞去。

这意味着什么呢？我记得，每天 11：30 左右，沿伊斯坦布尔—埃迪尔内方向开往欧洲的客运列车缓缓经过，我把这看作一切都会顺利的标志。一个小时之后大概 12：30 左右，从埃迪尔内开往伊斯坦布尔的客运列车则昭告着我们的午休。

我想趁午休跑去恩格然见红发女人一面。我还想问她马哈茂德师傅的事。我锁住辘轳以免滑落。当我抓住来到井口的桶把手拽向一边时，又听到马哈茂德师傅的喊叫。

我的手不由自主并驾轻就熟地轻轻把桶拉向一边，放置在木制底座上，就在这时，满满的桶从挂钩脱落，掉入井里。

我愣了一秒，随即大叫："师傅！"

一秒钟之前，马哈茂德师傅还在冲我大呼小叫，那一刻，他沉默了。

下面传来一声惨叫。接着是一片死寂。那一声尖叫我永远不会忘记。

我向后退缩。井下不再有声响，我不敢靠近井口向下看。或许，那不是尖叫，只是马哈茂德师傅的咒骂。

现在，整个世界跟井边一样鸦雀无声。我的双腿在颤抖。

我不知如何是好。

一只巨大的黄蜂先在辘轳周围盘旋，随后凑到井边向下张望，又瞬间没了踪迹。

我跑向帐篷，换下被汗水浸湿的衬衫和裤子。发现自己赤裸的身体在颤抖，我哭了一会儿，不过很快收住。即使在红发女人身旁颤抖我也不觉得羞愧。她会理解我，帮助我。或许图尔加伊也能帮忙。没准，他们能从军营、政府搬来救兵，或许消防员会来。

我抄近路穿过田地奔向恩格然。黄草间的蟋蟀默不作声。又走了一段大路后，我再次抄近道穿越田野。沿墓地的坡路向下，我带着异样的本能转向身后，看到远处伊斯坦布尔方向黑压压的乌云。

马哈茂德师傅可能受伤了，倘若他正在流血，必须马上找人救援。但我不知道该向谁求助。

一进镇子，我立刻走向红发女人和图尔加伊住的公寓楼。一个女人但不是红发女人，打开底层里间屋子的门。我想，这应该是那个做广告牌的毛主义者的妻子。

"他们走了。"她说，我甚至还没来得及直截了当地问。这是我人生中第一次跟心爱之人睡过的房屋，大门猛然在眼前关闭。

我穿过广场。鲁米利亚咖啡馆里空空荡荡，邮局里有很多打电话的士兵。我看到人行道上有从附近村子前来赶集的村民，这是我在夜晚的街道未曾见到过的。

警世传说剧场的帐篷已不在原地。起初，我找不到表明直到昨天那里还有一个帐篷剧场的任何蛛丝马迹，紧接着便看到了票根和地上固定帐篷的木桩。他们真的走了。

我浑浑噩噩地跑出恩格然。奔跑，停下，看着渐渐被云遮盖的天空，解读它。好像做这一切的不是我，而是我的身体和神经。我的额头、脖子、浑身上下大汗淋漓。夜晚，墓地山坡上的树在凉爽的清风下摇曳，此时此刻，这里却如地狱般炎热。我看见羊群在墓碑间开心地吃草。

来到平地，本应该跑，我却走了起来。我非常清楚接下来半个小时自己的所作所为将决定整个人生，却依旧无从抉择。马哈茂德师傅晕过去了，受伤了，还是死了，我无法多想。也许是因为七月的燥热。太阳当头，灼烧着我的脖颈和鼻尖。

最后一次抄近路时，我先是听到沙沙声，紧接着，只见草丛间一只乌龟正慌里慌张试图远离我的路线。设若它离开马哈茂德师傅和我走出来的这条小道，向左或向右，便可以隐藏在草丛里。它却没想到，自己好像命中注定般选择了我要走的路，便试图慌忙逃窜。那么我是否可能也做着同样的事，想要逃脱命运，其实却徒劳地走着一条错误的路？

童年，白西克塔什的一些孩子会把乌龟翻个儿，让它们在阳光下晒成干。我则小心翼翼从两侧抓住看到我便缩进壳里的乌龟，放到一旁的草丛里。

我迅速靠近井边时，压低自己沉重的喘息。我太想听到马哈茂德师傅的声音，他的呻吟。我幻想着，这是最近一个月我们所经历的所有普通时刻之一。仿佛桶没有滑落，马哈茂德师傅什么事也没有，我用嘴抵住瓶子喝水时，井下还会传来马哈茂德师傅愤怒的抱怨。

然而，井边什么声音也没有，除了知了在鸣叫。沉寂在我内心激起一种懊悔。我看见辘轳上有两只跑来跑去的蜥蜴。我向井边又迈了一步。但是我感到害怕，没能再靠近一点向下看，仿佛看上一眼就会变瞎。

事实上，独自一人也无法下井，需要另一个人把我放下去。因为这个，我才跑去恩格然找红发女人。不过，我没通知任何人就回来了。我也不知道自己为什么这么做。我想，或许自己谁也找不到、立刻跑回师傅身边能让他高兴。

又或许，我决定让马哈茂德师傅死掉，好让罪过无可挽回。

"真主可怜可怜我吧！"我哀求道。我该怎么办？

回到帐篷，我又哭了起来。一个月来，我和马哈茂德师傅共享的每样东西现在都带给我难以忍受的悲痛。茶壶，读过上百遍的旧报纸，师傅那双上面缠着胶带的蓝色塑料拖鞋，他去镇上时穿的裤子上的腰带，他的闹钟……

我的手不由自主地开始收拾起东西。不过三分钟，我就把自己的所有物品，包括从未穿过的塑料鞋装进旧行李箱。

如果留在这里，他们至少会以过失杀人罪逮捕我。官司会持续数年，别说什么补习班、大学，我整个人生就都泡汤了。而我的母亲会在我待在少年监狱时郁郁而终。

我祈求真主让马哈茂德师傅活下来。我再次靠近井边，希望能够听到他的声音，他的呻吟。然而井底一点声音、一丝动静也没有。

离12∶30开往伊斯坦布尔的火车开车仅剩十五分钟，我手里提着父亲的旧行李箱走出帐篷，头也不回地在酷热中跑向恩格然。我知道，如果回头，眼睛里又会涌出泪水。与此同时，黑压压的乌云向小镇靠拢，万物被一种恐怖的紫色包围。

火车站里挤满前来赶集的村民。挤在篮子、麻袋、兜子、村民和士兵中间等待晚点的火车时，我盘算着一上车就坐到左侧靠窗的位置，在火车转弯之前最后看一眼我和马哈茂德师傅挖井的地方。对于某一天回伊斯坦布尔时要做的这件事，我想了一个月。不过想象中的那一天，身边还有哈伊利先生找到水后给我们的赏钱和礼物。

火车到站前，我仔细地观看走进车站的每个人，但大楼里熙熙攘攘。红发女人和她的剧团很可能坐这趟车回伊斯坦布尔。姗姗来迟的火车进站时，我最后望了一眼广场和恩格然小镇，然后转身匆忙上车。坐在车厢里，我的内心没有顺从师傅带来的自尊受伤的感觉，却有无边无际的罪恶感。

第二部

22

　　湿润的双眼望向窗外，刚好能够分辨出我们上面的平地和
井。那一刻我便知道，通往小镇路边的墓地、柏树，我所看到
的每样事物都变成了一幅永生难忘的画。和马哈茂德师傅一起
打井的平地，仿佛正消失在黑暗的天际。远处划过一道闪电。
直至雷鸣传来，火车转了个弯，井和我们的平地，一切瞬间消
失在眼前。自由的感觉在心间拂过。一种令人头晕目眩的舒畅
和罪恶感，伴随火车"咔嗒咔嗒"的响声刻进我的灵魂。

　　很长时间里，我不跟任何人交流，陷入自我，与世界保持
着距离。世间很美好，我希望自己的内心也同样美好。假如我
能当作内心没有罪孽、没有恶，渐渐地我就会忘记恶。于是，

我开始当作什么事情都没有发生过一样。如果你当作什么事情都没有发生过，而且事实上也什么事情都没有，那么最后就真的什么事都不会有了。

开往伊斯坦布尔的火车经过旧工厂、库房、田野，从小溪畔、清真寺旁、咖啡馆和作坊间穿越前行。一阵暴雨袭来，空旷的学校操场上，踢足球的孩子们抓起用于标识球门的衬衫和书包四散逃窜。

透过车厢窗户，我看到硬实的地面瞬间积起水洼，流水汇聚成小溪。事实上，即使地上洪水泛滥，井底的人也不会察觉。马哈茂德师傅还在井里吗？他是否在向我呼唤，冲着上面大喊大叫呢？

我在西尔凯吉站下了车。我行走在伊斯坦布尔的雨中，买了票，登上去往哈雷姆的车辆渡船。船迟迟不满，无法起航。司机，家庭，啼哭的孩子，盛着放了糖的酸奶的碗，震动的卡车发动机噪音……我已经完全忘记了和人群共处带来的快乐，感觉自己俨然重归文明社会的野人。水滴顺着头发流到脖颈、后背，但我一动不动地坐着，透过布满雨滴的窗户，欣赏海峡两侧的伊斯坦布尔缓缓移动。我试图辨认远处多尔马巴赫切宫后面的白西克塔什，以及补习班大楼对面的高层公寓。

下了船，坐上公交车之前我在一家小卖部买了包纸巾，把自己擦干。几个小时没吃东西，脑子里却连吃蛋糕、烤肉三明治的念头都没有。当凶手应该就是这种感觉，我对自己说。

如是这般，我再次听到内心的另一个声音，跟自己默默地聊着不愿对任何人讲起的话题。不过，谁都不要以为我得到了释放。我坐上三点开往格布泽的公交车。马上就要见到亲爱的母亲了，我激动不已。夏日的阳光从右侧车窗直射进来，照在身上，暖洋洋的。我睡着了。梦里，我在一个阳光灿烂的温暖天堂，没有罪与罚。

本以为母亲见到我会说："你怎么了，像个凶手似的看我？"母亲什么也没说，我却立刻明白了自己的这种恐惧，一搂住她，我心里的石头顿时落了地。我的母亲，还是散发着母亲的味道。她先哭了一阵，随后便兴高采烈地说起话来。她对格布泽的生活着实非常满意。她要给我做炸薯条和丸子。除了担心和想念，没别的烦恼。说完这些，她就又哭了起来。我们紧紧地相拥。

"这一个月你好像长大了。手、胳膊都粗了，个子也高了。"母亲说，"你成熟了，是个大男人了。我切点西红柿放沙拉里好吗？"

我在格布泽周边的山头上走了很久，远远地看着伊斯坦布尔。有时，以为自己看到了很远处一块像是我们平地的地方，顿时激动万分，好像要与马哈茂德师傅重逢了似的。

我没有对母亲说，尽管对她再三保证不下井，最后还是下了井。而我平安无恙地站在她面前，这些细节已经毫无意义。

我们只字未提父亲。我明白他从来没找过母亲。可他为什么不找我？马哈茂德师傅下井前我见到他的最后一面，如同一幅画时常浮现在眼前。我相信，他还在耐心地继续挖着，像条决意要打穿一只巨大橙子的果虫。

我们用母亲的钱，从格布泽集市买来一台新电视机和一个闹钟。从马哈茂德师傅那里拿到并攒下来的钱则存在了银行。我在家足足睡了三天，终于休息过来。我梦到马哈茂德师傅，还有追赶我的坏人，不过在格布泽没有人找我，也没有人追我。第四天，我去了伊斯坦布尔，在白西克塔什的高考补习班注册后，开始认认真真地上课。

独处时，马哈茂德师傅和井在我脑海中挥之不去。我找到以前白西克塔什的小区伙伴和校友，跟他们一起看电影，交朋友，这让我快乐。我们还去了一两回集市的小酒吧，但我不会像他们那样，优雅地抽烟喝拉克酒。我像所有生手一样，喝酒时一饮而尽，很快就醉了。我不在乎他们的嘲笑，但说我胡子不够长、就像个小高中生，没准连男人都不是的言语却激怒了我。

"倘若毛发上有奇迹，皮革厂也能照进神圣的光，"有一次我说，"母猫也有胡子。"

所有人都笑了。这种华丽的文辞，是晚上临睡前我从在书店看到眼睛发酸的一本书上学来的。

可是，把自己的师傅抛弃在井底，让他在下面等死，没有良知，这样的一个人能成为作家吗？桶砸下去是多大的事故？我常常对自己说，井里没有发生过任何糟糕的事情。我只是没能挺住过度的劳作、责备和困倦。我像所有正常人都会做的那样，不顾一切地拿了自己的钱回家。我也已然不喜欢"正常人"这个说法。

比我大两三岁的小区伙伴边喝酒边说笑着，他们中有去伊斯坦布尔大学读书的，有蓄胡子的，有政治游行中在后街跟警察发生冲突的，都无不自豪地讲着自己的经历。我知道他们很尊敬我父亲。然而一天晚上，我讲到红发女人时，便明白了自己对他们暗生厌恶。

"杰姆，你拉过女孩子的手吗？"其中一个揶揄道。

他们当中一些人大谈特谈如何爱上女孩子，如何写信盼望回复。这样一来，我也就谈起两个月前姨夫把我送去埃迪尔内附近的一处工地（工地比井重要），在那里的恩格然小镇和一个女人恋爱。"有人听说过恩格然吗？"我问他们。

他们没想到我会说出这些，一时都愣住了。一个人说他哥哥在恩格然当兵，有一次他和父母从伊斯坦布尔去看他哥哥，镇子又小又乏味。

"我在那里爱上了一个非常出色的女人，她的年纪比我大一倍，是个演员。我甚至都不认识她，是在街上看到她的。她把我带回了家。"

他们盯着我的脸，一副不相信的神情。我说，我的第一次是和那个女人在一起。

"怎么样？"一个问，"感觉好吗？"

"她叫什么名字？"

"你们怎么没结婚？"另一个抽着烟的问。

看望当兵的哥哥的那位说："那里无非就是些给周末得到出行许可的士兵们表演肚皮舞的帐篷剧场，有酒吧女唱歌的夜总会，还能有什么。"

那晚我明白了一件事，只有远离这些昔日的小区伙伴，我才能从内心的痛苦和内疚中解脱。我也慢慢察觉到，师傅和他的那口井，将让我终生远离享受平凡生活的幸福。我不断对自己说："最好当作什么事情都没有发生过一样。"

23

　　然而，当作什么事情都没有发生可能吗？在我脑海里有一口井，马哈茂德师傅在井中手握铁镐，不停地刨着土。如果他这样做，就意味着他没事，警察也没有开展谋杀调查。

　　我想，某个人，比如阿里，会发现马哈茂德师傅的尸体，接着是检察官介入，消息先传到格布泽（在土耳其，这需要几天到几个礼拜），我母亲因为悲痛哭晕过去，之后警察会把消息传到伊斯坦布尔（这需要几个月），并于某天在补习班或是书店找到并逮捕我。我最好是找到父亲，告诉他这一切。但是他没有找我，因此我推断，即使他找我，也帮不上什么忙。更何况，跟他讲了还会把事情闹大。事实上，在没有警察敲补习

136

班的门逮捕我的每一天，我既觉得这是我无罪以及我和大家一样的令人欣喜的证明，又感觉这是我能够和所有人一样过着简单和平凡生活的最后一天。有时在德尼兹书店，我以为一个带着严厉目光向我询问书籍位置的顾客是便衣警察，我知道自己想立刻认罪了。有时我会想，师傅应该已经从井中被救了出来，并咬牙切齿地忘了我。

我在书店干得很不错，满足每个人，胜任每件事。德尼兹大哥非常欣赏我提出的关于橱窗新摆设、选书和降价这些谁都没想到的主意。他说，冬天我也可以在长沙发上过夜，不仅如此，晚上还能够把那间小屋子当作书房。母亲因为我即将远离格布泽而闷闷不乐，不过她确信如果我继续在卡巴塔什和白西克塔什上课的话，一定能在高考中取得好成绩。

不管在学校还是补习班，我都像奶牛般刻苦，牢记所有的公式，不仅仅因为不想让母亲丢脸，而且因为我知道这个考试将成为我人生最重要的转折。

在全心投入功课最紧张的那些时刻，红发女人的幻影如阳光般在我内心火热绽放，我想着她皮肤的颜色、肚子、乳房、眼神。事实上，最有助于让我当作什么事情都没有发生的就是学习。

在格布泽填报高考志愿表时，母亲就在身旁。她理所当然地想让我第一志愿填报医科。她很害怕我因作家梦而挨饿，更害怕我会像父亲一样热衷政治活动而招来麻烦。

然而，把师傅抛弃在井底后，我内心的作家欲望就迅速枯萎了。母亲还很想让我当工程师。就这样，我在表上勾选了地质工程。母亲察觉到打井学徒的生活对我精神的影响。我以为她的那句"你好像成熟了"的话，其实是突然发现了我灵魂里的一个黑点。

1987年夏末，我以第五名的成绩考取了伊斯坦布尔科技大学玛驰卡校区的地质工程系。有着一百一十年历史的大学建筑，曾经是奥斯曼帝国末期现代军队的军械库和营房。不过把阿卜杜勒哈米德[1]赶下台的青年土耳其党人[2]"行动军"1908年由萨洛尼卡[3]来到伊斯坦布尔后，支持奥斯曼皇帝的武装被部署在此地，并在我们上课的地方参加了战斗。这些都是我从书

---

[1] 阿卜杜勒哈米德（Abdülhamid II，1842—1918）：奥斯曼帝国苏丹阿卜杜勒哈米德二世，1876—1909年在位。他解散议会，推行专制统治和泛伊斯兰主义。1909年，青年土耳其党人将其废黜。

[2] 青年土耳其党人：奥斯曼帝国时期，土耳其统一进步协会的成员，史书中也常用来泛指19世纪末—20世纪初反对苏丹阿卜杜勒哈米德二世封建专制统治、要求实行君主立宪的土耳其资产阶级革命运动的参加者。

[3] 萨洛尼卡：希腊第二大城市。

上读到并讲给同学听的。老建筑里高高的教室、深邃的楼梯和回响各种声音的楼道让我感觉神秘。从白西克塔什和德尼兹书店下坡走十分钟的路程也让我感到满意。

我从柜台升到书店的管理层。书店老板无论如何不能接受我成不了作家了，却认可了我读地质工程，还说一位优秀的小说家会从工程师里脱颖而出。我呢，在大学宿舍里几乎每天晚上读一本书。

当作什么事情都没有发生的一个前提条件，是忘记索福克勒斯写的俄狄浦斯的故事。我压制着好奇，一直忍到大学三年级。然而后来有一天，在德尼兹书店，那本关于梦的选集的旧书再次落入我手。我就是在这本书里读了俄狄浦斯故事的梗概。那一刻才发现，它的作者是西格蒙德·弗洛伊德。弗洛伊德的文章实际上跟索福克勒斯没什么关系，而是跟他所主张的存在于每个男孩心里的弑父欲理论有关。

几个月后，还是在二手书里，我发现了1941年由教育部出版的索福克勒斯戏剧的译本。泛黄的白色封皮上，书名"俄狄浦斯王"赫然在目，我被震惊了。这本书的土耳其语版在市面上几乎是找不到的。带着想发现自己人生秘密的欲望，我如饥似渴般读了这本书。

我所读的书中，不同于弗洛伊德的梗概，故事并非始于俄狄浦斯的出生，而是出生多年以后：王子俄狄浦斯无意中杀死了自己的父亲，取而代之登上了王位，又在不知情的状况下和自己母亲结婚，并有了四个孩子。对于儿子和至少比自己大十六岁的母亲上床的情节，书中只婉转带过。我试图在眼前情景重现，但没有成功。现在，俄狄浦斯的母亲同时也是妻子，他的孩子们同时也是自己的兄弟。但戏剧开头，俄狄浦斯和其他人物，以及观众，没人意识到这个乱伦之耻。或许正因如此，城市里才出现瘟疫。为了获救，必须找出是谁杀害了老国王。而心存善念，最想查明真相的，正是不知自己就是真凶的俄狄浦斯王。不过，俄狄浦斯将逐渐痛苦地意识到杀害父亲的真凶就是自己，并将因负疚刺瞎双眼。

三年前的某个晚上，在井边，我并非完全按照这个顺序给马哈茂德师傅讲了故事。但不知为何，阅读戏剧的过程中，我感觉自己就是这样讲的。我还发现，读索福克勒斯时，因造成师傅的死而感到的罪恶有些许的减轻。三年后，我已不再害怕有一天警察会来教室把我带走。或许，马哈茂德师傅并没有死，犹如古老的宗教故事中所讲的那样，有人把他从井底拉了上来。

马哈茂德师傅讲宗教故事和《古兰经》典故，好让我引以为戒。我为此心神不安。为了让他也不自在，我讲了俄狄浦斯王子的故事，并在最后做出和故事主人公一样的举动。所以，马哈茂德师傅因为一个故事、一个传说留在了井底。

俄狄浦斯也是因为想破解一个故事和一个预言而杀死了自己的父亲。倘若王子俄狄浦斯对预言中将要发生在自己身上的故事不以为然、一笑置之，或许他就不会逃离自己的故乡而走上那条路，也不会和自己的父王在那路上相遇，并在不知情的情况下偶然置他于死地。对于俄狄浦斯的父亲而言也是同理。他的父亲如果没有因为想要俄狄浦斯免遭噩运而采取措施，也就不会遭此劫难。我若想像大家一样过平凡而"正常"的生活，就必须与俄狄浦斯背道而驰，也就是说我必须当作什么事情都没有发生过。想做个好人的俄狄浦斯，因不想成为凶手而当了凶手，也因好奇谁是凶手，最终发现自己是杀害父亲的真凶。索福克勒斯的戏剧，也正是围绕着俄狄浦斯追查凶手的过程而展开。

然而我所不确定的，并非自己是否是凶手，而在于是否存在谋杀的事实。我无意于成为凶手，或被自己的儿子杀死。马哈茂德师傅也很可能已经从井里出来，回归了生活。否则警察为何没来敲我的门？为了能像所有人一样，我必须忘记一切，当作什么事情都没有发生过。

24

很长一段时间里，我告诉自己，"真的什么事也没有"。当
我走在散发着潮湿的尘土气息和洗衣皂味的大学走廊里，跟借
口政治骚乱和警察冲突翘冶金课的同学去看电影，或者在宿舍
里无聊地看电视剧，我欣喜地想，自己终于能够跟大家一样了。
我茫然地看着电视上的足球赛，新出的文艺片和穿越海峡的船
只。看橱窗里的新款电子产品，混入贝伊奥卢拥挤的人群，周
日傍晚依旧唏嘘着假期的结束。

科技大学玛驰卡校区由军械库改成的大楼里，读工程的女
生很少。仅有的几个，也成为众人追求的目标。整个学校里，
我都不认识几个跟我同龄的女生。因此，当我周末回格布泽听

母亲说，姨父的一个格尔代斯亲戚的女儿考上了伊斯坦布尔大学药剂学院，住宿的她害怕大城市的热闹，倘若我能帮衬一下，姨父会很高兴，我便留了心。

艾谢的头发是浅棕色，但容貌与红发女人有些相像。尤其是丰满的上唇弧线和尖尖的下巴。直觉告诉我，我们第一天见面时，自己就会爱上她，而她也不会对我无动于衷。周六的下午，我们一起去电影院，去城市剧场看契诃夫或莎士比亚的戏剧，坐公交车去埃米尔干喝茶。跟一个通情达理的漂亮姑娘进行朋友们所说的"约会"，是一种非常甜蜜的感觉，生活如此美好，以至于我相信我已经忘却了马哈茂德师傅和井。

为了能够继续这种生活，我申请了地质工程学硕士，因为成绩优秀被录取了。友谊进入第二年，我和艾谢开始在电影院、公园、周围无人的街道上牵手，甚至接吻。不过，认识她的头几个礼拜我就明白，来自保守家庭的艾谢在婚前是绝对不会跟我上床的。

受一个经常逛妓院、深信所有女孩子最终都会被弄上床的白西克塔什流氓朋友的蛊惑，一天下午我在他给了我钥匙的单身公寓跟艾谢约会，结果却以悲剧告终。我请艾谢喝了一杯拉克酒，好像这是我们每天都喝的东西似的。艾谢对我的坚持做了两个小时抵抗后，哭着离开公寓，并且很长一段时间，都不接我打到她宿舍的电话。

我度过了一段幻想找到红发女人，一边回忆跟她做爱一边手淫的日子。最终，我跟艾谢和解并决定订婚。艾谢在订婚仪式上穿了我母亲和裁缝一起缝制的连衣裙。那天以后，艾谢会在某些周六的下午来德尼兹书店接我。令我高兴的是，老板和年轻店员们都觉得"格尔代斯姑娘"漂亮。我喜欢跟她聊我读过的书，谈地质历史和其实无异于他人的政治见解，以及对足球的狂热。夏天我去科兹卢[1]和索马[2]实习，写信讲述在地下深受劳苦的煤矿工人的劳作环境，表达对生活和世界愤怒而苛刻的想法。得知艾谢保留着这些信，并一遍遍打开来看，这让我很得意。我也保留着她的信。

幸福时光中，不时会有一件小事倏然释放出我灵魂里的阴暗。伊斯坦布尔一个缺水的干旱夏天，农业部长正信口开河地谈论着祈雨，我的未婚妻说如果在每个院子都挖井，伊斯坦布尔的缺水问题就迎刃而解了，她的话让我久久沉默（我向她隐瞒了多年前当了一个月挖井学徒的事）。当我读到报纸上报道

---

[1] 科兹卢：土耳其宗古尔达克省矿业城市。
[2] 索马：土耳其马尼萨省矿业城市。

总理出席恩格然附近一家冰箱制造厂的开业典礼，而该厂是巴尔干和中东地区同类企业最大的一家，立刻想到马哈茂德师傅和他给我讲的那些宗教故事。本想买《卡拉马佐夫兄弟》的最新译本作为给未婚妻的生日礼物，却看到弗洛伊德撰写的前言，那是一段关于陀斯妥耶夫斯基以及弑父的文字，并提及俄狄浦斯和哈姆雷特，我立刻震惊地读了起来。放下此书，我买了本《白痴》，它的主人公单纯而天真。

一些夜晚，我梦见马哈茂德师傅。他仍旧在一只蔚蓝色的巨大橙子的一个角落挖井。宇宙中的这只橙子缓慢地在其他星星之间转动。也就是说他没死，我陷入罪恶感是个错误。然而我看着他挖井的那颗行星时依旧感到痛苦。

有时候我想告诉未婚妻，自己成为地质工程师是因为马哈茂德师傅，但我忍住了。和艾谢谈论书籍时，这种想要坦白的感觉尤为强烈。有时我会以谈论地质学的奥秘和奇特来取代谈论马哈茂德师傅。我对爱人讲，11 世纪，一个叫沈括[1] 的中国学者解开了最高山峰上的裂口、缝隙和洞穴里的海洋贝壳、鱼头骨和贻贝之谜。索福克勒斯之后一百五十年，泰奥弗拉斯托

[1] 沈括（1031—1095）：北宋政治家、科学家。此处提及的地理知识应出自他的《梦溪笔谈》。

145

斯 [1] 著书《论石》，其关于矿物的论述被信奉了上千年。我没能成为一个有创造力的作家，但至少我想写这样一本为所有人笃信的书。我正在构思一本名为《土耳其地质构造》的书。此书将包罗万象，从托罗斯山脉的高度，到我们挖井的色雷斯地区黏质细沙土的奥秘，从南部的地质构造，到产油气地区的实际分布。

[1] 泰奥弗拉斯托斯（Theophrastus，约公元前 372—前 287）：公元前 4 世纪古希腊哲学家、科学家，被视为植物学之父。

25

我知道父亲在伊斯坦布尔的某个地方，我恨他不来找我，我也不去找他。和艾谢完婚后、服兵役前，我终于见到了父亲。婚礼后的一个晚上，我们在塔克西姆的一家新酒店的餐厅与父亲见面。我忽然发觉自己见到他很高兴。"你找了一个很像你母亲的姑娘。"只有我们俩时父亲说。饭桌上，艾谢与父亲很快熟络了，甚至拿我打趣，并对我自动记忆数字的工程师特质开起玩笑。

父亲老了，但看起来不错。看得出他手头宽裕，并且因为开始另一种生活而惭愧。我也为沉溺于弑父故事感到不自然。不过，没有他的那些年里，我在独自挣扎中成长，成为了"我自己"。

尽管他对我从不干涉，总是给我灌输信心，但在父亲身边时我难以做我自己。虽然在马哈茂德师傅身边仅仅待了一个月，但我相信，出于对他的反抗，我成为了我自己。我不清楚这种思想到底有多少是正确的。但我对自己的感觉有清楚的认识。我依然想得到父亲的认可，想相信我过上了一种他期待的体面生活，同时又非常生他的气。

"你很幸运，我把你托付给了一个非常出色的姑娘，"父亲离开时看着艾谢说，"我心里很踏实。"

从塔克西姆到潘戈特，一路上都是高高的栗子树，我很高兴跟妻子回家时把父亲留在身后的栗子树下。我们廉价租来的一居室，位于费利阔伊至多拉普戴莱的下坡。新婚燕尔，大多数日子里，我和艾谢缠绵地做爱、说笑、嬉戏，我很幸福。有时想到马哈茂德师傅，我问自己，他怎么样了。但直觉告诉我，像俄狄浦斯一样追究过去的罪行是错误的，这只能给我带来罪恶感。

服完兵役，我在矿物研究与勘探总局伊斯坦布尔分局当公务员，收入微薄。我的大学校友们调侃道，在土耳其，一个高学历的地质工程师只有开家烤肉店或搞搞建筑才挣钱。在他们看来，我能找这样一份工作已属走运。

一些土耳其承包公司在阿拉伯国家、乌克兰和罗马尼亚修筑堤坝和桥梁，他们在寻找地质学家和工程师考察地形。我先在利比亚谋了份差事，不过每年至少需要在那里生活六个月。此外，我和艾谢正为没有孩子发愁，我们决定去看熟识可靠的大夫，于是返回伊斯坦布尔。

1997 年，为了离家近一些，我进入一家在哈萨克斯坦和阿塞拜疆开展业务的公司。就这样，十五年间，我坐飞机来往于伊斯坦布尔和邻国，多少挣了点钱。

我们搬到位于潘戈特的一处更好的房子。倘若周末在伊斯坦布尔，我会和妻子一起去购物中心，看场电影，在饭店随便吃点。晚上边吃饭，边看电视听政治家和军人的讲话。为了能要上孩子，我们决定去找一位有神奇疗法的怪才教授，或是去看刚从美国回伊斯坦布尔的声名显赫的大夫。为了不让没有孩子这件事破坏婚姻的幸福、蒙蔽生活的欢乐，我们常常谈心。

有时，我会去白西克塔什，光顾一下德尼兹书店。德尼兹先生明白我是不会成为作家了，便建议我当合伙人。我拥有一个如同所有人一样，甚至更成功的人生。有时我会对自己说，我成功地做到了当作什么事情都没有发生。我仍然会想起马哈茂德师傅和少年时犯下的罪过，尤其是在坐飞机的旅途中。

有时我由衷地想，难道去班加西[1]、阿斯塔纳[2]或巴库[3]，是为记起马哈茂德师傅吗？从飞机俯瞰之际，我越发地为没有孩子而烦心。

　　飞机从耶希尔阔伊的阿塔图尔克机场起飞后不久，机头如城市上空成群飞过的候鸟般向西一转，这时我往窗外看，就看到下面的恩格然小镇。它离黑海、马尔马拉海，甚至沿海城市的沙滩、新的度假村，以及从空中看来依然庞大的石油和汽油罐不远。不过，它远离海岸上的树林、绿地，黄色、橙色等五颜六色肥沃的耕地。四周是浅灰色的贫瘠土地，旁边就是军营。

　　当飞机向另一侧稍稍倾斜，或穿过云层，从机窗看到的景色霎时间消失了。不过我马上能够凭直觉知道下面是什么。

　　我们渐渐老去，依然没有孩子。恩格然和伊斯坦布尔之间的农田被工厂、库房和车间覆盖。从飞机上看，这些地方呈现铅色、浅灰和黝黑。有些工厂，用彩色大字把名字写在楼房和库房顶部，以便飞机上的乘客从机场起飞后能够一目了然。周

---

[1] 班加西：利比亚第二大城市和重要港口。

[2] 阿斯塔纳：哈萨克斯坦首都。

[3] 巴库：阿塞拜疆共和国首都。

围是小得多的厂房，生产中间产品的不知名的公司，以及没有粉刷的潦草建筑。随着飞机逐渐爬升，还能够看到迅速包围这些地区的一夜屋。只见伊斯坦布尔周边的小镇和村落正如同城市本身那样迅速扩张蔓延，这让我感到畏惧。每次新的旅途中，看到城市伸展的手臂插入最偏远的地方，逐渐拓宽的道路上，成百上千的汽车像无数耐心的蚂蚁般坚定地前行，我想技术的飞速发展早已终结了马哈茂德师傅的事业。

百年来依靠铁镐铁锹、转动木制辘轳把桶放入井下垒井壁的挖井行业，80年代中期后，在伊斯坦布尔迅速没落。夏天，我和艾谢去格布泽看望母亲时，在姨父家地皮周围第一次亲眼见证了自流井作业。继螺丝刀般第一代手动钻井工具之后，以马达驱动的强力机械问世。聒噪的钻井机被安装在沾满泥浆的、有着厚轮胎的货车后备厢上，宛如石油钻塔。在马哈茂德师傅以及两个徒弟忙活数周的土地上，这种机器一天工夫便能下探五十米找到水，并快速而便宜地铺设从地底深处泵水的管道。

这个新发现以及它所带来的便利，自90年代起，给伊斯坦布尔各个院落带来暂时充足的水源，同时也导致接近地表的地下湖和水源迅速枯竭。2000年初，伊斯坦布尔一些地方的地下水源至少在七八十米深处，按照马哈茂德师傅的两个徒弟加一个师傅的模式，以每天一米的挖掘速度在城市的院子里找水已是完全不可能的了。伊斯坦布尔和覆盖在这里的土地失去了它的自然和纯真。

26

在恩格然的岁月过去二十年后，受科技大学一位同班同学之邀，我前往德黑兰与一家石油公司会谈。飞机从机场起飞几分钟后，倾斜着自西转向东南时，我看到恩格然与伊斯坦布尔在不断的拓展中连成一片。它们已经成为浩瀚的街道、房屋、屋顶、清真寺和工厂海洋的一部分。在恩格然生活的新一代将会说自己生活在伊斯坦布尔。

一个人所在的城市叫什么名字，或者自己对自己说住在哪里，有多重要？霍梅尼革命[1]二十五年后，伊朗成为一个封闭的国家。我的大学同学穆拉特说，对于土耳其人来说，这里蕴藏巨大商机，我理解他的乐观，却无法感同身受。

穆拉特说，石油生产商跟伊朗做承包生意，我们可以从土耳其卖钻井设备，西方国家与伊朗之间的不合便是机会。也许他是对的，不过我推测，我们会像很多土耳其公司一样，因为破坏西方的禁运被美国中情局和其他间谍机构盯上。作为马拉蒂亚右翼分子，穆拉特跟上学时候一样喜欢要小把戏，搞小聪明，他对这些危险不屑一顾。妇女们必须包裹起来才能走上德黑兰街头，对此，穆拉特并不会像我一样感到不安。

那个年代，西方报纸上都在讨论轰炸伊朗的好处，伊斯坦布尔的世俗主义和民族主义的报纸则提出"土耳其会像伊朗一样吗？"的问题。我没有和他展开政治探讨。早在第一天，直觉就告诉我，我们跟德黑兰做不成生意。

尽管如此，看到伊朗人与土耳其人如此相像令我陶醉。我不急于回伊斯坦布尔，而是在德黑兰的街上逛，从集市逛到书

---

[1] 霍梅尼革命：指 1979 年的伊朗伊斯兰革命。1979 年，鲁霍拉·穆萨维·霍梅尼（Ruhollah Khomeini, 1902—1989）领导伊朗伊斯兰教什叶派推翻伊朗巴列维王朝，成立伊朗伊斯兰共和国。新政府反对世俗化和西方化，主张实行"彻底伊斯兰化"。

店（居然有这么多尼采作品的译本），对一切充满好奇。大街上男人们的手臂动作、面部表情、肢体语言，在门口停下为彼此让路，无所事事、在咖啡馆抽着烟打发时间，这一切与我们土耳其人何其相似。德黑兰的交通也和伊斯坦布尔同样糟糕。我们土耳其人一经面朝西方，便忘却了伊朗。我走进茵克拉普大街上的书店，为书的种类繁多感到震惊。

我很快也发现被禁锢在家里的、愤怒的现代世俗主义阶层的存在。

马拉蒂亚人穆拉特带我去了几个聚会，这里人人喝酒，男女混杂。屋子里，女人不包头。酒是家里自酿的。显然，与土耳其相反，世俗主义在德黑兰是敏感的，即便有军队的支持，它也并非急需得到保护的一种存在，而是根本不存在的东西，这也让它成为更为根本的一种需求。

第二天晚上，我去了另一户满是孩子的人家家里，身处于家庭、妇女、亲戚和商人们吵闹的欢声笑语中。得知我是土耳其人，很多人善意地说些恭维话，我便和他们攀谈起来。他们喜欢伊斯坦布尔，去那里旅游，购物。有些人想听我说土耳其语，一听到我张口，立马笑了，仿佛这是件很有趣的事。其中一家邀我们去里海边的别墅。穆拉特立刻答应了，他喝得比我多。

　　凭窗看向德黑兰深蓝幽暗的夜晚灯光，我感觉到老同学对促进伊—土关系的毅然决然超越了心甘情愿，或许这是他的一项秘密任务。我的老朋友难道为了让土耳其脱离北约和西方而做间谍，或意欲解救伊朗于被封锁的孤独之中？我不得而知。也许他唯一的目的只是不失时机地从禁运的国家身上赚钱。

　　果味酒精饮料让我轻微晕眩，我正想念艾谢和伊斯坦布尔，冷不丁地，和马哈茂德师傅一起在夜晚走向恩格然的情景闯进我的思绪。一种异样的对"父亲"的思念和愤怒包裹了我的灵魂，我的大脑陷入一片混沌。

　　我敢肯定，让我陷入这种感觉的，是对面墙上的一幅画。这是一幅我熟悉的画，不过我想不起第一次在何时何地见过它，对画的主题也说不出一二。换句话说，对于主题我似乎知道却想要忘记。画上，一位父亲正怀抱儿子哭泣。多年前，我在恩格然的黄色剧场帐篷里见过类似这样感人的东西。我想，画大概取自一本古书，被印在对面墙上的日历中。人们可以说，父亲怀抱儿子，喜极而泣。然而他们身上还有血……

　　见我久久地注视这幅画，年长的、精于世故的主人来到我身边。我问他这是什么画。他说，这是《列王纪》[1]中鲁斯塔姆杀死苏赫拉布后，为儿子哭泣的场景。他脸上一副"你怎么都不知道？"的得意表情。我想，伊朗人不像我们因西化而忘却古老诗歌和传说故事的土耳其人。他们尤其不会忘记诗歌。

"您要是感兴趣，明天让他们带您去古利斯坦宫。"主人更为骄傲地说，"这幅画就是从那里来的。那儿还有好多带插图的手稿和古书。"

在德黑兰的最后一日下午，穆拉特——而非那家主人——带我去了古利斯坦宫。我看到树木掩映下有一座大花园和许许多多小宫殿。我们进入绘画雕像馆，它让我想起父亲的生活药店附近的厄赫拉姆尔宫。为伊朗古画辟出的这栋幽暗的楼里，除我们之外不见一个人影。看门人拉着脸，用一副怀疑的表情看着我们，好像在说："你们来做什么？"

很快，关于男人在死去的儿子身旁哭泣，或试图医治受伤儿子的画展现眼前。父亲，就是伊朗民族史诗《列王纪》的主人公鲁斯塔姆。我爱看书，但对《列王纪》、鲁斯塔姆和苏赫拉布一无所知，正如每个现代土耳其人一样。然而这幅画让我

---

[1]《列王纪》：伊朗诗人菲尔多西（Ferdowsi，约940—1020）用三十五年创作的伊朗民族史诗。

看到的正是我灵魂深处的父亲的感觉。

博物馆商店里没有明信片和书。我既没有找到这幅画，也没有找到任何一幅关于鲁斯塔姆和苏赫拉布的画作复制品。这让我深感不安。仿佛我既畏惧又不愿察觉的一种回忆将突然曝光，我将极其不幸。那幅画在我脑海中倏然出现，像一种无法摆脱的邪恶幻觉。我想忘了这个古老的故事，正如想忘记被自己抛弃在井底的马哈茂德师傅，但始终做不到。

"伙计，那幅画上有什么，说来听听。"穆拉特说。

我没有向他做任何解释，不过我的朋友许诺，他会买下邀请我们吃晚饭的那家人挂在墙上的日历中的画，寄到伊斯坦布尔。

归途中，飞机向伊斯坦布尔降落，我凭窗俯瞰，却没能看到恩格然。透过云隙，只见庞大的伊斯坦布尔。二十年后，我感觉到一种难以抑制的渴望，去我最后见到马哈茂德师傅的地方，去恩格然。

27

我强忍住再去恩格然的冲动。周末在伊斯坦布尔陪妻子坐在电视机前打发时间，去贝伊奥卢看电影，试图忘却我深深的烦恼。用烦恼这个词恰当吗？除了没能要上孩子，我并没有其他烦恼。医生们说，没有孩子的原因不在我，而在艾谢。我们花数天、数月的时间去看大夫依然无果后，我立刻想到，假如当初我们装作这件事没什么要紧，那么它就真的不要紧了。

在伊斯坦布尔的书店找寻菲尔多西千年以前写就的《列王纪》任何一版译本并非易事。曾几何时，不少奥斯曼学者还知道部分伊朗民族史诗，至少了解一些故事。经历了两百年的西化努力，现在土耳其没人再对这些浩瀚的故事感兴趣。上世纪四十年代被翻译成土耳其语的四卷非对称—押韵译本由教育部于五十年代出版。我吞噬般快速读完了"世界经典"系列的这版扉页泛黄的《列王纪》。

故事半传说、半史实，开篇类似恐怖神话，后面又采用一种涉及国、家和美德的教科书形式，正合我意。菲尔多西对这部翻译过来有1500页的宏大民族史诗倾其一生，这也令我震撼。这位受过良好教育、手不释卷的诗人，阅览他国历史、史诗和英雄人物传奇，在阿拉伯语、阿维斯陀语 [1]、巴列维语 [2] 等其他语言的书中发掘故事，把英雄人物传记同传说，把宗教寓言同历史以及回忆编织在一起，写就自己的伟大史诗。

《列王纪》是囊括过去所有伟大君主、国王、英雄人物和被遗忘故事的某种百科全书。有时我以为自己既是所读故事的主人公，又是作者。菲尔多西自己就经历了儿子的离世，这使他在史诗中对失去儿子的情节描写得格外深刻与真实。我幻想自己在黑暗的深夜给马哈茂德师傅讲我读过的故事，回忆红发女人。假使我是作家，也会想写这样应有尽有的百科似的东

---

[1] 阿维斯陀语：一种古老的印欧语言，属于伊朗语族的东伊朗语，亦是波斯古经《阿维斯陀》成书时所使用的语言。

[2] 巴列维语：或称为钵罗钵语、帕拉维语，是中古波斯语的主要形式。通行于3—10世纪，是萨珊帝国的官方语言。

西。这部百科全书里，所见所闻无所不包，每个细节都被精心描绘，有时其中所蕴含的人性的东西让我激动、感慨，有时又充满惊奇和迷茫。我要写的《土耳其地质构造》便是这样一本史诗—百科。我还要在书里以故事的形式讲述地下海、庞大山脉以及层层叠叠、脉络交错的地下岩层。

阅读《列王纪》时，从创世神话，巨人、怪兽、精灵和恶魔的故事一旦过渡到终有一死的国王，勇敢武士的历险，以及父亲、家庭、生活和国家等如同我们人类一样的烦扰，我立刻感觉到自己置身于家里熟悉的事物中。更甚者，随着故事的推进，我想起了父亲，并极不情愿地开始想自己很可能杀死了马哈茂德师傅。这种想法，在之后读到阿夫拉西亚伯的故事时成为一种越发显著的情感，像苏赫拉布的故事一样让我不安。我脑海闪过放弃读下去的念头，内心却有种意识，即这些无穷无尽的浩瀚故事能够为我解答人生的困惑，并让我抵达安宁的彼岸。

妻子睡后，我在家里一遍遍读这个故事，我知道自己总是会想起它，就像儿时听过的一个神话，一个噩梦，一件我所经历过难以忘怀的事。

曾几何时，鲁斯塔姆是伊朗无可匹敌的英雄，不知疲倦的武士，无人不知，没人不爱。一天，鲁斯塔姆狩猎时先是迷了路，又在夜里熟睡时丢了马。"我要找到拉赫什[1]"，说话间他进入敌国图兰的领地。由于声名显赫，对方认出了他，并好生相待。图兰王殷勤款待了这位不速之客，为其设宴，两人推杯换盏。

酒席过后，鲁斯塔姆回到房间，正在此时响起敲门声。图兰王的女儿塔赫米娜走了进来，对席间所见的英俊的鲁斯塔姆坦白爱慕之情。她说自己想和家喻户晓的大英雄、智慧的鲁斯塔姆生一个孩子。国王的女儿生得柳叶眉，一头秀发，身材苗条，樱桃小嘴。（她的秀发在我眼前呈现出红色。）鲁斯塔姆无法拒绝这个来到自己房间的聪明、感性、轻声细语的美人，两人一番云雨。清晨，鲁斯塔姆给未出世的孩子留下一个手链作为信物后返回自己的国家。

塔赫米娜为这个没有父亲的孩子取名苏赫拉布。多年后，当苏赫拉布得知自己的父亲就是大名鼎鼎的鲁斯塔姆后说："我要去伊朗，推翻残暴的伊朗国王卡乌斯，将父亲送上宝座。然后再回到这里，回到图兰，推翻跟卡乌斯一样残暴的图兰国王

---

[1] 拉赫什：鲁斯塔姆的马。

阿夫拉西亚伯，自己登上王位。那时我父亲鲁斯塔姆和我将一统伊朗和图兰，东方与西方，公平地治理整个天下。"

仁慈良善的苏赫拉布这样说。但他没料到自己的敌人是多么卑鄙和狡猾。尽管图兰国王阿夫拉西亚伯了解他的意图，为了与伊朗开战，仍委以重任。为防止苏赫拉布认出自己的父亲鲁斯塔姆，便在他的军队里安插奸细。互不相识的父子俩远远观察对方的军队。经过各式各样的诡计花招以及命运的捉弄，传奇武士鲁斯塔姆和他的儿子苏赫拉布终于兵戎相见。当然他们甲胄披身，父子俩如俄狄浦斯和其父亲一样，没能认出彼此。事实上，为了不让对面的武士使出全力，打斗中鲁斯塔姆小心翼翼地掩盖了身份。而一心一意只想让自己父亲坐上伊朗王位的孩子气的苏赫拉布，也并未在意跟自己较量的人是谁。这样一来，高尚伟大的武士父子，在各自身后人马的注视下上前，拔剑。

菲尔多西在长篇叙事诗中，运用大量篇幅描述父亲和儿子持续数天的激战以及最终父亲杀死儿子的场景。让我感到疲惫的与其说是故事的激烈或震撼，不如说是我早就经历过所读内容的这种感觉。我却也恰好在寻找这种感觉。读着这些旧书，我让自己置身于故事当中，回忆着恩格然的帐篷戏。此刻读苏赫拉布和鲁斯塔姆的感人故事时，我仿佛再次经历着自己的记忆。

28

我对苏赫拉布和鲁斯塔姆的故事已经十分熟悉。从远处旁观，冷静思索后，我立即发现这个故事与俄狄浦斯故事之间的相似之处。俄狄浦斯与苏赫拉布的人生有惊人的共同点，然而最重要的却是一处不同：俄狄浦斯杀死了自己的父亲，而苏赫拉布则是被自己的父亲所害。一边，儿子是弑父凶手，而另一边，父亲是杀子的真凶。

不过这一重大区别，更加突显了它们的相似。与俄狄浦斯的故事相同，苏赫拉布也不认识自己的父亲，书中一遍遍提醒读者，他从未见过自己的父亲。读者想，既然苏赫拉布不知道自己要杀死的是自己的父亲，那么他是无罪的。然而，这死亡的一刻始终不肯到来。

正如俄狄浦斯对凶手的调查迟迟未能水落石出，这对父子的较量也仿佛格外漫长：第一天，鲁斯塔姆与儿子苏赫拉布先以短枪对战，枪在彼此的甲胄上折断后，又拔出印度剑继续战斗。双方军队都看到父子俩宝剑交错间四射的火花。

说话间，他们手中的宝剑也断成数截，于是他们又抽出狼牙棒。狼牙棒和盾牌在激战中弯曲变形，马也累得放慢脚步。在恩格然，红发女人的帐篷戏只浓缩了这场打斗的结局。

第一天，苏赫拉布成功地以一记狼牙棒使父亲肩头受伤，第二天的战斗以更快的速度结束。当读到年轻的苏赫拉布抓住父亲的腰带，突然把他摔倒在地骑在身下时，我倒吸冷气。苏赫拉布取出青色的匕首准备取父亲首级时，鲁斯塔姆为自保而诓骗了年轻的武士。

"现在别杀我，如果你第二次把我放倒，"父亲鲁斯塔姆对儿子苏赫拉布说，"那时你再理直气壮地取我性命。这是我们这里的传统。你遵守，他们才会视你为真正的勇士。"

苏赫拉布顺从了自己内心的声音，放过了面前年长的武士。那晚，尽管苏赫拉布的朋友们说他犯了一个错误，不该轻饶任何一个敌人，但年轻力壮的武士却置若罔闻。

第三天，战斗刚开始，鲁斯塔姆一下把儿子摔倒在地。作为读者的我还来不及反应，鲁斯塔姆闪电般一剑刺入苏赫拉布的身体，穿透了他的胸膛，杀死了自己的儿子。我霎时间惊呆了，就像多年前在恩格然的帐篷戏中感受到的那样。

俄狄浦斯也是在一个岔路口，以这样一种出人意料的速度，在片刻荒诞的愤怒中杀死了自己并不认识的父亲。那一瞬间，不论俄狄浦斯还是鲁斯塔姆，他们的理智似乎都脱离了大脑。仿佛真主突然把理智从父亲和儿子的大脑中取走，以便他们能心安理得地取对方性命，这样一来"他"的神圣意志便能得以继续。

我们因此能说，失去理智而弑父的俄狄浦斯和杀死儿子的鲁斯塔姆是无辜的吗？古代希腊观众在观看索福克勒斯的《俄狄浦斯》时，认为俄狄浦斯的罪过——正如多年前马哈茂德师傅对我所说——并非弑父，而是企图逃避真主为他裁剪的命运。同样，鲁斯塔姆的罪过也非杀死自己的儿子，而是因一夜欢愉有了儿子，却未能对其尽父亲的责任。

俄狄浦斯或许因罪恶感而弄瞎双眼惩罚自己。古代希腊观众想到他因对抗神安排的命运而受到惩罚，便释然了。我想，以同样的逻辑来思考，杀死儿子的鲁斯塔姆也应该受到惩罚。

然而在这个东方故事的结尾中，父亲没有受罚，我们读者也只是难过而已。没有人会惩罚这个东方的父亲吗？

有时，我半夜从睡梦中醒来，在妻子身旁思考着这些。街上的霓虹灯，透过半掩的窗帘照在艾谢美丽的额头和意味深长的嘴唇上，尽管没有孩子，但我感觉和妻子是如此幸福。为何总要回到这些话题呢，起身从前窗向外张望时，我自言自语地说。外面，伊斯坦布尔正经历一个雨雪交加的夜晚，这栋老楼的排水管道哀号着，街道上一辆警车疾驰而过，摇曳的蓝色警灯忽隐忽现。这是土耳其入欧支持者们同民族主义者和伊斯兰主义者冲突的年代。各方都把土耳其国旗作为战争的工具彼此对抗，在伊斯坦布尔的很多角落，军营和城市的高点都飘扬着巨大的土耳其国旗。

一些夜晚，飞机穿越城市上空的噪音让我想到马哈茂德师傅。整座城市都已入睡，盘旋于头顶云间的飞机仿佛在给我一种特别的指示。假使早晨我在那架飞机上，我的眼睛会寻找马哈茂德师傅的井，但很可能我找不到它。因为伊斯坦布尔越来越大，吞没了恩格然，马哈茂德师傅和他的井已经消失在城市森林的某处。我又一次考虑，为了弄清楚自己是否有罪，为了从不安中解脱，必须去恩格然。但我按捺住了，取而代之的是再次阅读《列王纪》和《俄狄浦斯王》，用其他故事与鲁斯塔姆和苏赫拉布以及俄狄浦斯的故事做比较，满足了我的需求。

29

　　生活照常流转。把自己遇到的父亲和儿子们同俄狄浦斯和鲁斯塔姆对比的习惯便是在那些年里养成。下班后，我心不在焉地走在回家的路上，直觉告诉我，大呼小叫训斥徒弟的小卖部老板不可能成为鲁斯塔姆，但我可以感觉到，有着蓝色眼睛的、愤怒的徒弟内心刹那间掠过拿起长长的烤肉刀杀死师傅的念头。当我们去艾谢最好的朋友家，给夫妇俩的儿子庆祝生日时，我想，这个偏狭、严厉的父亲其实就是一个愚蠢的准鲁斯塔姆。

　　一段时间里，我阅读那些以登载丑闻和谋杀见长的报纸，因为总能读到类似俄狄浦斯和鲁斯塔姆的故事。在伊斯坦布尔，有两类故事颇受读者喜爱，并常常见诸小报。一类是，儿子在远方服兵役或蹲监狱时，父亲睡了年轻漂亮的儿媳妇，发现此事的儿子杀了父亲。最常见且花样百出的第二类情色谋杀，则是欲火中烧的儿子一时冲动，强行与母亲上床。他们中的一些杀死了企图制止或惩戒自己的父亲。最为社会所憎恶的就是这种儿子。然而社会憎恨的，并非他们杀死自己的父亲，而是强迫母亲上床，人们甚至连他们的名字都不愿记住。某些弑父的儿子在狱中被借清除人渣之名提高声望的监狱大佬、地痞恶棍或准杀手们干掉。对于这些谋杀，国家、监狱、记者甚至社会都不反对。

和马哈茂德师傅一起挖井的二十年后，我开始和妻子分享自己对俄狄浦斯和苏赫拉布的好奇。我从未向她提起马哈茂德师傅，不过艾谢也和我一样，对索福克勒斯戏剧以及菲尔多西传说故事感兴趣，把这看作对我们那不存在的儿子的一种幻想、一场游戏，并激动于我的激动。有时我们把人分为鲁斯塔姆型或俄狄浦斯型。我们说，心地善良、和蔼可亲，但仍在儿子身上激发恐惧的父亲们是鲁斯塔姆，只是鲁斯塔姆弃子而去。或许憎恨父亲的、叛逆的儿子们是俄狄浦斯，那么被遗弃的苏赫拉布又是谁呢？有时我们聊着，应该怎么做才能不让幻想中的儿子成为有俄狄浦斯或是苏赫拉布情结的人。我们还热衷于对在朋友家看到的孩子私下讨论一番。都是些简单的想法，类似强势的父亲与叛逆的孩子，压抑的孩子与从容的父亲。这些比较让我们无儿无女的痛苦变成一种更为深刻的东西，也让我们夫妻彼此贴得更近。

我受雇的公司因为与市政府和执政党关系良好，从而在即将建设楼层和新修道路的地方，也就是在即将实施建筑规划的地方购买地皮，轻松获得大笔住房贷款。我不认为我们在做不道德的事。但有时我会想，如果父亲知道自己有这样一个跟执政党官员过从甚密、出席无聊的文化和基金会活动以及夸张讲演仪式并为他们谋事的儿子，他会怎么说。父亲的销声匿迹让我多年来对他深深怨愤。但此时，我感觉自己已不再为此烦恼，因为父亲不会喜欢我所做的这些。

我们想要一个强大、果断的父亲，告诉我们什么该做，什么不该做。为什么？是因为判断什么该做，什么不该做，什么是道德的、正确的，什么又是罪过的、错误的并非易事？还是我们时刻都需要听到有人说我们无罪，无愧？我们每时每刻都需要父亲吗，还是当我们大脑混乱、世界一团糟、灵魂畏缩时才需要？

30

年逾四十，我也像父亲一样，夜里轻度失眠。每晚半夜醒来，想着索性干点什么，于是来到书房，阅读带回家的文件、建筑材料编目和合同细节。繁冗的工作倒让我内心阴云密布，更加无法入睡。我因此发现，每每重读《列王纪》和《俄狄浦斯王》，如同读一个古老的神话，灵魂摆脱了金钱和数字，让我睡得好了一些。尽管两者的话题其实都关乎罪恶感，但多年之后，反复读这些故事让我得以从罪恶感中脱身。

相同的文字恰如一种祷告，反复念诵让我感觉良好，然而慢慢地我却发现自己只能够关注所读事物的一个方面。当我一遍又一遍读着一个在希腊、在西方，另一个在伊朗、在东方举足轻重的两个故事时，事实上主人公们所表达出来的烦恼，重大道德和人道主义问题，只有一小部分能够在我眼前重现。俄狄浦斯与母亲伊俄卡斯忒的同床共枕就是个很好的例子。我无法在眼前重现这一场景，仅一闪念："这是滔天大罪。"也就是说我无法通过构想一幅画面来思考这个问题。

另一个例子，是父亲的缺失和另寻新父的热忱，这使得俄狄浦斯与苏赫拉布成为酷似彼此的难兄难弟。在苏赫拉布和俄狄浦斯远离亲生父亲这件事上，我没有细细去想。很可能是因为我也想对自己隐瞒曾另寻一父亲之事，我对自己说。正如鲁斯塔姆对待苏赫拉布一样，父亲也抛下我，先是进了监狱，继而另赴新生活。我为自己找了新的父亲，听他们的谆谆训导。我依然常常想马哈茂德师傅。在我脑海一隅渐渐变小的一个男人正挖着井，从地球的一端向另一端，有时他穿着别的衣服进入我的梦里，给我讲故事。

一个漆黑的秋日夜晚，同托普卡帕皇宫图书馆主管菲克利耶女士在位于皇宫大花园的阿卜杜尔麦吉特宫殿里聊天时，她告诉我关于无望地寻找父亲的其他后果，这是我未曾想到的。德尼兹书店的熟人，文学教授哈希姆老师知道我对鲁斯塔姆和苏赫拉布的故事感兴趣，便对菲克利耶女士提到我。她说："让他过来，我给他看看带插图的，精美的古老'王书'[1]。"（伊斯坦布尔还是有很多好人。）

　　尽管从未向公众开放，但托普卡帕皇宫图书馆里带插图和装饰的伊朗手稿藏品是世界之最，丰富性堪与15、16世纪德黑兰古丽扎尔宫的绘画雕像馆媲美。藏品的精华，是赛利姆一世[2]1514年在凡湖以南的查尔德兰，打败伊朗王伊斯玛仪[3]后从大不里士掠夺到伊斯坦布尔的书籍。伊斯玛仪的宝库中，有他先前击败的白羊王朝[4]和昔班尼汗[5]宝藏里带有插画和装饰的、异常精美的王书。此后的两个世纪里，萨非[6]人与奥斯曼人屡次开战，大不里士在奥斯曼人和萨非人之间多次易手。战后，萨非向奥斯曼派遣和平使者时，喜欢把配了插图、装饰精美、引以为傲的王书手稿作为礼品赠送，书籍就此在托普卡帕

---

[1] 王书：讲述波斯帝国历史和民间传说的一类作品。在10—11世纪，伊朗地方统治者为了反抗阿拉伯人的民族压迫，提倡用达里波斯语（即近代波斯语）书写本国的历史。在菲尔多西《列王纪》之前，已有多人创作过这类《王书》。《列王纪》是这类作品中最重要的一部。

[2] 赛利姆一世（Selim I，1470—1520）：奥斯曼帝国第九任苏丹。

[3] 伊斯玛仪（Ismail I，1487—1524）：萨非王朝的创立者。

[4] 白羊王朝：乌古斯突厥民族于14世纪在波斯建立的封建王朝。

[5] 昔班尼汗（Muhammad Shaybani Khan，1451—1510）：今中亚乌兹别克国家的奠基人，成吉思汗的长子术赤的后裔。

[6] 萨非：萨非王朝，又称萨法维王朝、沙法维王朝、波斯第三帝国。

皇宫的宝库中积累起来。

　　菲克利耶女士慷慨地为我打开有着四五百年历史的王书中最精彩的部分，我们一起专注地欣赏鲁斯塔姆杀死苏赫拉布后，在儿子鲜血浸染的尸体旁撕扯头发痛哭的画面。首先是一种强烈的懊悔，正如在恩格然的帐篷戏里感受到的。这是父亲杀死儿子的懊悔。接着，是无意中破坏了极其珍贵的美好时感受到的那种罪恶和羞愧。最精彩的几幅画作中，从父亲的眼神里能够读出回天无力的绝望。

　　那天，菲克利耶女士给我看了很多画。"谢谢您能来，"天色渐暗时她说，"我们这里总是很冷清。没人关心这些古老的故事。我很高兴您能这样关注鲁斯塔姆和苏赫拉布。您想在这个故事中寻找什么呢？"

　　"父亲杀死儿子后的懊悔，深深打动了我，"我说，"很多年前，我在伊斯坦布尔郊外的一个帐篷剧场看过类似的场景。"

　　"您和您父亲关系不好吗？"菲克利耶女士说。见我不答，她说："我们土耳其人把《列王纪》束之高阁。我们已经不是生活在一个兴致盎然读着勇士英雄和鲁斯塔姆式古老故事的世界里了。菲尔多西的书被遗忘了，但《列王纪》里的故事并未就此被遗忘。它们是鲜活的。每个故事，改头换面，仍旧在我们中间游荡。"

"怎么讲？"

"前天晚上，我和助理在第七频道看了一部易卜拉欣·塔特勒塞斯[1] 的老电影，"女主管说，"改编自《列王纪》中阿尔达希尔与使女古尔纳尔的爱情故事。我和助理图巴，我们看土耳其老电影，既为欣赏美好的老伊斯坦布尔，也为辨认出自《列王纪》或其他书中的古老故事。伊斯坦布尔变化多大啊，对吧，杰姆先生？可眼睛仍然认得旧的街道和广场。《列王纪》的故事也是如此。上次看的一整部电影都在演绎当代生活，但我们仍一一道出霍斯鲁与西琳[2] 的影子。要我说，即使这些书已被遗忘，故事仍传诵至今。观看这些土耳其悲情电影，也能回忆过去的故事。没准，也有些像您一样反复读着《列王纪》，为土耳其和伊朗电影写故事的人。巴基斯坦、印度和中亚的人们非常喜欢这些故事，把它们搬上银幕，就跟我们土耳其电影里的一样。"

我对菲克利耶女士解释，我不是剧作家，是地质工程师，

---

[1] 易卜拉欣·塔特勒塞斯（İbrahim Tatlıses, 1952—）：土耳其歌唱家，作曲家，制片人，演员。

[2] 霍斯鲁与西琳：波斯文学史上著名的爱情故事。

因为去过伊朗才对这些古老的故事感兴趣。我问她，是否听说当今伊朗政府正对一幅关于鲁斯塔姆为儿子苏赫拉布伤心痛哭的画穷追不舍。为把它从纽约大都会艺术博物馆带回伊朗，政府派出一些精明的中间商，出资不菲。

"杰姆先生，伊斯兰书籍藏家的这些谣言，您是从哈希姆老师那里听来的吗？"菲克利耶女士说，"您所说的旷世奇书曾经在这里，在托普卡帕。国王们放弃托普卡帕时，什么都没有带走，书被盗，流向西方。先落入罗斯柴尔德[1]之手，随后被卖到美国。这本书也如同它那些可怜的主人公般，终其一生在其他国度、其他人手中颠沛流离，并不断沦为民族主义和政治的工具。"

"比如？"

"您有没有想过，《列王纪》里常常被嗤之以鼻并不怀好意地提到的图兰或希腊族人即是我们土耳其人？话说回来，我们的宝库里尽是'王书'。"

"《列王纪》写于公元 1000 年，那时土耳其人尚未从亚洲迁往此处。"我笑着说。

---

[1] 罗斯柴尔德（Rothschilds）：罗斯柴尔德家族，是欧洲乃至世界久负盛名的金融家族。

"您比许多教授更加博识和好学，但还是门外汉。"菲克利耶女士委婉地指出我的局限。她边又向我展示了许多其他书籍和画作，边娓娓道来。

门外汉之说并未令我沮丧，却提醒我自己所做研究的感性一面。所有这些画中，均可见目睹儿子与丈夫争斗，以及父亲怀里躺着的儿子那鲜血浸染的尸身时哭泣的女人。看着看着，我竟时而在幻想中把她们的头发染成红色——如同儿时在涂色书中所做的那般。二十五年来，和师傅一起挖井时留下的沉重记忆变轻了，所余不安则代替我的作家野心，赋予我在职业生涯中不曾找到的一种深刻感受。

我再三感谢经验丰富的菲克利耶女士邀我来此，并在博物馆耗费数小时，仅仅为了向我介绍知识。秋日夜晚，我们直坐到夜深。四周没有游客，博物馆已对访客关闭。穿越托普卡帕皇宫栗子树和黄色梧桐树叶掩映下的庭院和柱廊时，我以为自己所感受到的东西或许就是一种历史感：它将使我那无法从内心驱赶的罪恶减至可承受的程度，甚至使其与一个工程师自娱自乐的文学研究相契合。

不问时政的菲克利耶女士对《列王纪》古今中外堪称绝妙手稿的遭遇与民族主义政治息息相关的讲述，倒点醒我不曾想过的俄狄浦斯与苏赫拉布的共同之处：政治流亡，远离祖国……父亲总是很敏感地关心此类话题。军事政变后，他所在政治组织的一些同伴立刻明白自己的处境，逃往德国。一些人，比如我父亲，或是没能逃走，或是不觉得自己有需要逃亡的罪过，或认为自己不会被捕，以致最终落入警察之手，遭受酷刑。

不论俄狄浦斯还是苏赫拉布，事实上都在寻找父亲的过程中远离自己的城邦和国土，在异乡被自己国家的敌人所利用而沦为叛徒。这一进退两难并未被赋予浓墨重彩，正因民族情感在任何一个故事中都非重点，忠于家庭、君主、父亲和王朝比忠于民族更加重要。不过，俄狄浦斯和苏赫拉布在寻找父亲时，事实上都与自己国家的敌人联手。

31

　　我四十岁，艾谢三十八岁后，在率先醒悟的妻子影响下，我逐渐明白拥有孩子的梦想是不会实现了。因为本地医生的愚钝，也因为我们在美国人和德国人开的医院里耗费了大量时间、饱尝苦头，我和妻子放弃了幻想。

　　疲惫和心碎让彼此更加心贴心是我们最大的收获。我们的友谊更加深厚。终将不会有孩子的觉悟，让我们自外于其他家庭，也愈加理性。艾谢害怕她那些子女兴旺的家庭主妇朋友对自己的同情和有时甚至有意的冷酷。她已经不再见她们，并找了一段时间工作。随后我决定成立一家公司，经营我们企业不太关注的小施工项目，让她当一把手。她很快学会管理工程师，与工头交涉。事实上每件事都由我在背后指挥。我们为公司取名苏赫拉布。公司俨然是我们的儿子。

我们开始坐飞机旅行，就像许多度蜜月的幸福夫妻。飞机从伊斯坦布尔起飞后，我靠着妻子的腿俯向窗边，试图辨认出恩格然。（艾谢总是觉得我俯瞰的举动很有趣。）旅行的头一年，看到窗外被楼宇和工厂覆盖的那块空地时，不知怎的我感到一种安宁。

初夏，我们搬到居慕什素玉[1]一处昂贵的四室海景公寓。旅行中住最好的酒店，四处闲游，去博物馆看画，偶尔拿着手里的资料去伦敦或维也纳拜访某位妇产大夫。每一次拜访我们都怀揣希望，却遭遇了一次比一次沉重的幻灭。

一次，托一位外交官的关系，我们去了都柏林切斯特贝蒂图书馆，一年后，在菲克利耶女士的推荐下，又进入大英博物馆收藏古伊朗手稿的图书馆，品尝到欣赏《列王纪》副本插画的喜悦。游客在博物馆展厅中很难看到这些极少展出的画。看到这些草稿和画，我内心的懊悔伴随红发女人和青春岁月的艰难记忆苏醒。不过博识而盛情的年轻助理们，被柠檬色灯光照

---

[1] 居慕什素玉：位于伊斯坦布尔欧洲部分的一个区。

亮的散发着木头和尘土味道的房间，以及助理们戴上的白色手套都提醒我们所欣赏之物的古老、富于人性和脆弱。

事实上在几次专门的参观中，不论对伊斯兰绘画，还是《列王纪》故事，抑或诸如东西方的争议话题，我们都没能产生深刻感悟。古老手稿上所绘精致入微的细密画当即让我们懂得，尘封往事都是过眼云烟，一切其实早被遗忘，以为回想起一些细节便洞晓生活和历史的意义是多么空虚的一种骄傲。从博物馆图书馆幽暗的走廊，走上欧洲大城市的街道，因为看到的那些画，我们更加深深感觉到自己是一个人。

事实上，在这些旅途中，如同我父亲那个时代所有受过教育的土耳其人一样，我追求在西方——橱窗也好，电影院也罢，抑或在博物馆——寻找深刻影响我们整个人生并赋予其意义的一种观念、一样事物或是一幅画。伊利亚·列宾的著名油画《伊凡雷帝杀子》[1]便是这样一种东西。在莫斯科的特列季亚科夫美术馆，我和艾谢看到了这幅令我们惊叹的油画。一位父亲像鲁斯塔姆一样杀死了自己的儿子，抱着鲜血浸染的尸体在哭

---

[1]《伊凡雷帝杀子》：伊凡雷帝即伊凡四世（Ivan IV Vasilyevich，1530—1584），俄罗斯历史上第一位沙皇，以残暴血腥著称。画面描绘的是伊凡在和儿子伊万的冲突中，用权杖击中王储伊万，并使之流血而死的场景。

泣。这幅画就像是文艺复兴后懂得透视和阴影技巧的一位伊朗画家所绘，他见识过表现鲁斯塔姆杀死苏赫拉布的所有最好的伊朗细密画。作为统治者的父亲在盛怒之下杀死了儿子，现在抱着儿子躺在血泊中的尸体，作为王子的儿子仿佛把自己托付给父亲一般躺在他怀里，乃至父亲脸上的惊骇和懊悔都如出一辙。爱森斯坦[1]据此拍摄了电影《伊凡雷帝》。这个杀死自己儿子的人正是斯大林推崇的俄国缔造者，冷酷无情的铁腕沙皇伊凡。画中喷薄而出的暴力和懊悔，画作的平实以及紧紧围绕的唯一主题，奇特地让我感觉到国家的无情力量。

那晚，当我面对莫斯科暗无星辰的黑夜时，感受到了这既熟悉，又令人胆寒的畏国之情。伊凡雷帝除了懊悔，还有他对儿子过分的爱和怜惜。这种矛盾的灵魂让我想起父亲令人不寒而栗的一句话，这句让我印象深刻的话常常被统治者一遍遍用来对才华横溢和善于批判的艺术家和诗人说：

"你先吊死诗人，再于绞刑架下哭泣。"

曾经，奥斯曼皇帝们一旦即位，便要杀死其他王子（之后

---

[1] 爱森斯坦：谢尔盖·爱森斯坦（Sergei Eisenstein, 1898—1948），苏联电影导演和电影理论家。《伊凡雷帝》是他生前最后导演的电影，分为两集，分别拍摄于 1944 年和 1946 年。

再为他的兄弟们——哀悼），这种行为又以"为了国家而不得已的残忍"这一逻辑被合法化。我想念父亲，想跟他谈论这些话题，想和他聊天，不过想到他可能的批判，我退缩了。

我们去欧洲博物馆，是为了通过旅行来忘却没有孩子的痛苦，以及如借口般不断对自己重复的，去找"关于俄狄浦斯的画"。其实，除了表现索福克勒斯戏剧的一两幅历史和学术画之外，我们什么都没找到。安格尔的画作《俄狄浦斯与斯芬克斯》[1]在卢浮宫，且给予观众的感染力不强。它留给我的唯一印象是我自问，从一处洞口向后看去，如凋零山丘般的忒拜城是否被如实描绘？

在位于巴黎的博物馆里，我们看到画家居斯塔夫·莫罗晚于安格尔四十年所作的另一幅《俄狄浦斯与斯芬克斯》[2]。画中描绘的并非俄狄浦斯的罪恶与愧疚，而是胜利，即他对斯芬克

---

[1]《俄狄浦斯与斯芬克斯》：法国新古典主义画家安格尔（Jean-Auguste-Dominique Ingres，1780—1867）的画作。画面描绘了古希腊神话中俄狄浦斯与斯芬克斯相遇的情景。俄狄浦斯来到忒拜时，遇到了狮身人面的女妖斯芬克斯，斯芬克斯问俄狄浦斯，什么动物有时四只脚，有时两只脚，有时三只脚，而当它只有两只脚时最强大。俄狄浦斯答对了谜语，说那是"人"，令斯芬克斯羞愧自杀。

[2] 此为法国画家居斯塔夫·莫罗（Gustave Moreau，1826—1898）的作品，成画于1864年。

斯"难解之谜"的破解。我们在纽约大都会艺术博物馆还见到了该画的复制品。不久，在博物馆同一层四十步开外的伊斯兰艺术区，看到鲁斯塔姆杀死儿子苏赫拉布的场景，令我们思绪万千。大都会艺术博物馆里半幽暗的伊斯兰艺术馆空空荡荡，无人问津，让我们感觉自己关注的是个被遗忘的话题。对于莫罗的画，人们即使不了解画中故事，仍能享受其中，而《列王纪》插图，只因了解其来龙去脉才让我们感动，况且其中只存在相当有限的绘画乐趣。

然而真正的问题在于，绘画文化和传统更加广泛和丰富的欧洲，竟没有任何描绘俄狄浦斯弑父或与母同榻等最关键场景的画作。欧洲画家能够用语言去思索这些场景，理解故事。但对于能够靠词汇想象的事物，他们却无法使之化为视觉，描绘成图。因此，他们仅仅画了俄狄浦斯破解斯芬克斯难解之谜的瞬间。相反，在作画和赏画活动都寥寥无几、大多时候甚至被禁止的伊斯兰国家，鲁斯塔姆杀死儿子苏赫拉布的场面却无数次被激情地描绘。

这一规则，被小说家、画家、意大利电影导演皮埃尔·保罗·帕索里尼以电影《俄狄浦斯王》打破。在意大利领事馆支持下，伊斯坦布尔举办了帕索里尼电影周，我震惊地观看了被改编的《俄狄浦斯王》。影片中，扮演俄狄浦斯的年轻演员，搂着比自己年长但风姿绰约的母亲肖瓦娜·曼加诺亲吻，做爱。意大利文化中心的木制影厅坐满了伊斯坦布尔电影爱好者和知识分子。母子做爱时，影厅里鸦雀无声。

帕索里尼在摩洛哥拍摄了该片，当地取景，以泛红的土地，一座幽灵般古老的红色城堡为背景。

"我还想再看一遍这部红色电影，"我说，"你觉得我们会找到 DVD 或是录像带吗？"

"就连那个漂亮迷人的肖瓦娜·曼加诺的头发都是红色的。"妻子说。

32

　　倘若读者把我和艾谢想象成经常出入艺术影院、埋头于文章和绘画的一对学究夫妇可就错了。艾谢每天早上跟我一起出门，管理着我们的建筑公司苏赫拉布，它正以惊人的速度壮大。每天傍晚，我从公司提早下班，赶到尼尚塔什苏赫拉布日渐兴旺的办公室。夫妇俩跟建筑师们一起工作到很晚，在餐馆吃完饭一起回家。

　　观看帕索里尼的《俄狄浦斯王》后，时隔一年，也就是2011年末，我离开了受雇的公司，全心投入苏赫拉布。我整天待在伊斯坦布尔的工地监工，公司雇佣的、来自萨姆松的司机在拥挤的马路上缓慢开动汽车，我就坐在车上用手机谈业务，不过现在，我的工作都是为了自己的事业。而跟我通话的供应商、工头和开发商们也大都和我一样被困于城市别处的另一场交通堵塞中。或者更糟，他们被淹没在城市某个过去不为人知、如今却人流熙攘的一处新角落的拥堵里。知道这些，是因为在关于地产和成本的讨论中，听到电话那头跟司机的争执或是拦住路人问此处是哪里。每个人都在某处兴修土木，但凡有点钱就置办地产，城市正以不可思议的速度膨胀。

有时我的目光逗留于人行道上行走的穷人、青年、商贩和路边收费员，我想自己已经是富有的中年人了，更重要的是我对此习以为常。我问自己："生命中除了跟妻子的琴瑟之好，对苏赫拉布和俄狄浦斯故事的业余爱好，还有什么美好的事呢？"我想到了父亲，我给妻子打电话，努力相信在城市的喧嚣中我是幸福的。无儿无女教会我伤感和谦逊。有时我想，如果我有孩子的话，现在也该有二十岁了。

一段时间里，我和艾谢把挣来的钱用在购买昂贵服装、小摆设、奥斯曼古董和诏书、精美地毯和意大利进口家具上。然而炫耀式的消费并未让我们幸福，却仅仅是让我们感到自己的肤浅和虚伪。更何况，也恰因如此，厌恶那些朋友——我想把所购之物展示给他们看——这一点在我身上仍旧强烈。可以说这是我父亲左翼立场的烙印。尽管财富陡增，我们仍将就开着普通的雷诺。

我们大部分钱用来购买地皮和看涨地段的老楼，或作投资，或用于新建项目。购买市区外的荒地时，尤其感觉自己俨然一个通过把新国家纳入版图来努力忘记没有子嗣痛苦的皇帝。苏赫拉布也如同伊斯坦布尔一样以非凡的速度扩张。

我们在车上安装了导航仪，它指示你位于哪条路的什么地方。我和妻子看着显示屏，去伊斯坦布尔我们不曾知晓的新社区，踏足远远眺望着群岛的山坡，被伊斯坦布尔迅速的壮大所震撼，不同于一些人总是抱怨旧城的拆除消亡，我们把这些新社区看作一种商机。艾谢每天在办公室读《官方公报》上公布的法院招标决议，跟踪《自由报》和其他网站的地产消息。

一天，艾谢把她认为非常合适的一则招标启示摆到我面前。我还不及细看，她就在谷歌地图上给我指出地皮的位置，并放大屏幕上的图像，恩格然几个字赫然在目，我心跳加速。不过我像个老练的杀手般克制住了自己。我用鼠标拖动屏幕上的箭头，默默地拉近我生命中最重要的镇子。

车站广场上写着恩格然的名字，我辨识出周围的几个街道，能认得的地方却屈指可数，因为谷歌地图上标注的地名，并非三十年前恩格然人用的称谓（如"饭馆街"），而是官方名称。我先找到了车站，然后是墓地，在地图上猜测我们的平地所在，却无法——读出街道的名字。是的，每个地方都成了街道。

"穆拉特说，这里会通过一条新路，风景不错，适合建小区。周日早上看你母亲之前，我们去那里瞧瞧怎么样？"

穆拉特，就是那个带我去德黑兰的大学老同学。他也在房地产热潮中放弃了其他营生转而干起建筑。借助执政党中右翼朋友的关系，他的生意比我们做得更加风生水起，还仗义地给我们透露地皮涨价的消息。

"这个恩格然镇好像有不吉利的地方，像是我小时候听过的一些神话。"我对艾谢说，"在那里盖楼，还是算了吧。我敢肯定，那里最好的风景也就是夜里群星闪烁的天空了。"

33

那年夏天，伊斯坦布尔闹水荒。一个干旱的春季下来，水库里蓄水不足，老旧的管道开始向城市输送只有以往一半量的水。在一些社区，父母们半夜三更将耳朵贴在即将来水的空管子上，等待着用提前洗好的空盆接水，像我小时候那样。在给哪些社区、何时、送多少水的问题上出现了一些政治争论和纠纷。

夏末，伊斯坦布尔迎来雷电交加、暴风骤雨的天气，一些社区被洪水淹没。过后，父亲邀我们共进晚餐。他的现任妻子从网上给艾谢发了一封邮件。我想："难道父亲连这些都不能写吗？"

他们住在萨勒耶尔面向黑海的山坡上新建的一座小区。路上需要两个小时车程。新租的小房子远眺黑海，看上去已然老旧如刚刚经历战火。屋里满是我儿时就记得的父亲的物品，有四十个年头了。屋顶漏过雨。最初的寒暄、刻意的玩笑以及一番客气后，父亲的苍老、疲惫和拮据让我颇感心酸。

　　小时候，我对他的一切无比崇拜，努力地想再多看他一眼，想跟他做朋友，想让他把我搂在怀里逗趣，如今那个人已失去了光彩，变得行动迟缓，弯腰驼背，最糟的是他接受了对生活低头。曾经穿着光鲜的花花公子，如今不讲究穿戴打扮，不在乎健康，对这一状况用"左派们在乎的是本质，不是外表"之类连自己都不甚相信的玩笑加以粉饰。

　　然而他不停地跟有着兔牙、可掬笑容和丰满乳房的妻子调情，开着暗示两人有频繁性生活的玩笑。很快，艾谢也加入他们的说笑，并聊起我们的爱情、婚姻、青春经历以及电影和回忆。在父亲面前我永远无法谈论此类话题，只好默默待在书架旁，手里拿着拉克酒杯，一边看着儿时就记得的父亲的左派旧书封底，一边听着沙发那头的谈话。父亲的妻子讲到这个夏天一段时间极度缺水，我立刻想到了马哈茂德师傅。

　　"在这里，萨勒耶尔的山上还是可以用祖辈传下来的方法打井，"我兴奋地插嘴，"可以用移动的木制模子浇灌水泥。"

"你是从哪里知道的？"父亲说。

"1986 年夏天，就在你抛弃我们之后的一年，为了赚补习班学费，我跟一位老师傅挖了一个月的井，"我说，"这些我跟艾谢都没说过。"

"为什么？你觉得打工的经历很难为情？"父亲说。

我很高兴父亲知道我跟着打井师傅做了一段时间苦力。事实上，父亲对我们的富有也同样满意。我错就错在，激动地讲完挖井的经历，又试图对父亲讲俄狄浦斯王和苏赫拉布与鲁斯塔姆的故事，讲我好奇并读过的书，讲我和艾谢去过的欧洲博物馆，努力证明自己在社会历史问题上的学识。

"关于这些问题，魏特夫 [1] 解释得最好。"父亲断言，"他的书在那儿。谁还读它啊，早就被忘得一干二净了……他要是知道伊斯坦布尔有个老左派，书架上有他被译成法语的书，会怎么说？"

---

[1] 魏特夫：卡尔·奥古斯特·魏特夫（Karl August Wittfogel，1896—1988），德裔美国历史学家。他在 1957 年出版的《东方专制主义》中提出"治水社会"的概念。他认为，处于干旱、半干旱地区的东方国家都是"治水社会"，这种社会需要大规模的协作，因此需要纪律、从属关系和强有力的领导，由此产生了专制君主和"东方专制主义"。

父亲用了我常常自问时使用的句式（"父亲要是知道会怎么说？"），我对这个作家的书充满好奇，目光停留在旧架子上落满灰尘的书上。

我又喝了一杯拉克酒。两个女人兀自聊着天，父亲在桌旁静静坐着。

"爸爸……"我突然问，"你那个时候的政治组织……'毛主义革命者家园'是个什么样的团体？"

"我认识那个组织里很多人，"父亲说，随后醺醺然补充道，"还有很多姑娘。"像个说隔壁班有很多女生的高中生。

"什么样的姑娘？"父亲的妻子问，带着对丈夫曾经的风流倜傥引以为傲的口吻。

霎时，多年来我连自己都巧妙瞒过的一个想法冒了出来：其实父亲在政治岁月里认识警世传说剧场的那些人，甚至看过红发女人年轻时在革命剧舞台上的表演。对于我生命中的第一个女人，父亲怎么想？

但父亲已恢复了神志，脸上浮现出对我隐瞒他特殊人生和政治生涯的岁月里流露的谨慎和疏远的神情。一旦独处，他立刻极其严肃地向我询问起母亲。我跟他讲，我给母亲在格布泽买了一套房子，我和艾谢每两周的周日开车去看她，她不愿搬到伊斯坦布尔。"你母亲过得幸福,我很高兴!"说完父亲结束了话题。

我喝了很多,回去的路上艾谢开车。"说说看,你为什么对我隐瞒当打井学徒的事?"她随口问道,像个温柔地揭露儿子过错的母亲。深夜,我们穿越贝尔格莱德森林,傍着两旁的护栏,在知了的叫声和散发着百里香气味的凉爽空气里,我在前座上睡去。

我的怀里是魏特夫过了时的《东方专制主义》。不过到家以后,我没有立即看书,而是打开了电脑。通过谷歌地图,我找到了恩格然,静静地看着它在屏幕上放大。我看到车站广场上一个蛋糕店,一家银行和去往伊斯坦布尔路上的一处加油站的广告。我试图一一回忆起那些角落,并在眼前重现我走在红发女人身后的场景。

倘若红发女人在恩格然对我说的岁数属实,她现在应该有六十岁了。父亲的现任妻子也差不多是这个岁数,事实上,今天我颇能想象得出父亲在眺望黑海的小公寓里和红发女人一起生活。

我禁止自己打探她在哪里,在做什么,因此三十年来,我没有发现红发女人的半点踪迹。偶尔在电视广告里看到跟红发女人同龄，甚至是从他们那种民间剧团退休的一位女演员扮演一个使用洗衣液、银行卡或是退休信贷的幸福母亲，乃至最近几年扮演老奶奶时，我问自己，她在何处。法提赫[1]、卡努尼[2]、许蕾姆[3]等后宫题材的电视剧里，教唆奥斯曼皇帝年轻的新宠耍阴谋诡计和独得宠爱的身材高挑、嘴唇丰满的女人是她吗，还是说有时在拉克酒的作用下，视线模糊、注意力涣散，我已经不认得自己生命中的第一个女人了。有时我以为给外国电视剧中的女性角色配土耳其语的人中有她，于是努力回想三十年前的一个晚上，在恩格然的黄色剧场帐篷里，从她在尾声的愤慨独白中和一起走在车站广场时，我聚精会神地聆听的她的声音。

一天深夜，我从超强度的工作和迅速发展的事业带来的紧张中醒来，愕然看到负责苏赫拉布地产项目的一位资深工程师发来恩格然的地产招标。在我和马哈茂德师傅挖井的那块地皮

---

[1] 法提赫：穆罕默德二世（Mehmet II，1432—1481），奥斯曼帝国第七代苏丹。他也经常被人们直接以外号"法提赫"（意为征服者）相称。

[2] 卡努尼：苏莱曼一世（Süleyman I，1494—1566），奥斯曼帝国第十位、也是在位时间最长的苏丹。在奥斯曼帝国和东方则被誉为"卡努尼"（立法者），他在位时完成了对奥斯曼帝国法律体系的改造。

[3] 许蕾姆（Hürrem Sultan，？—1558）：苏莱曼一世的皇后。因为在政治上权势很大，所以在奥斯曼帝国的历史上被称为许蕾姆苏丹。

附近，有一栋旧库房和一间作坊出售。要说招标围绕的是荒废了三十年的建筑，不如说是看在如今这块地皮上所蕴藏的建设契机。没等问睡梦中的艾谢，我便给苏赫拉布的员工回复说对这块地感兴趣。

34

　　带着好奇，我和艾谢一起读卡尔·奥古斯特·魏特夫的《东方专制主义》，起初我们没搞懂父亲为何推荐这本书。其中没有任何关于父亲和儿子的内容。显然，父亲没有全部读完这本1957年出版的厚书，仅仅因为是一本关于亚洲社会的重要书籍而翻阅过，难免记忆混淆。为什么我提到俄狄浦斯和苏赫拉布时，他会想起这本书？

　　1957年，正值冷战高峰时期出版的这本书中，许多内容涉及干旱和洪水。魏特夫在《东方专制主义》中运用大量篇幅，讲述包括中国在内地理条件恶劣的亚洲国家，通过运河、堤坝、道路和渡槽为发展农业提供必要的水源需要极其强大的官僚制度和组织能力。他指出，这种组织唯有借助专制、严酷的皇帝和统治者方能成功。这些统治者不喜违抗和顶撞。魏特夫在书的结尾讲道，因此，统治者在自己身边，也就是在官僚和后宫当中，想要的不是有能力的人，而是完全服从自己的奴隶，整个机制便是如此运作。

"这样对待自己妻子和臣子的那些皇帝，最后也会杀死自己的儿子，"艾谢说，"这没什么可吃惊的。我们都了解这些人。可是他们的宫廷画师们为什么如此富于激情地描绘这一可怕的瞬间？"

"皇帝哭了，就因为这个，"我说，"画的表面意图是懊悔和痛苦……其真实含义却在于强调苏丹的无情力量。事实上，付钱作画的也正是他们，而非可怜的、没脑子的苏赫拉布们。"

"就算苏赫拉布没脑子，难道俄狄浦斯就聪明了？"艾谢说。

又过了些时日，我们对魏特夫作品的热情逐渐冷却：不过多亏在父亲帮助下读到的这本书，我们在关于弑父和杀子的研究与文明之间建立起联系。

那年冬天，我们决定购买恩格然的地皮。伊斯坦布尔的人口浪潮般涌向这里。穆拉特很早就对我们说过，黑海端的第三海峡大桥环路和延长线将把生活带向这里。我本要编造些古老的神话、凶兆、往事等借口，却不得不考虑苏赫拉布的发展。

奋而投身事业的日子，思考苏赫拉布未来之际，我也叹息自己没有孩子，可以把这一切留给他。如果我有儿子，很可能他也会像我一样，不循父亲之路，而过一种截然不同的生活。不过，那也是我的儿子！没准他还会成为作家。同时我也感觉到，俄狄浦斯和苏赫拉布的故事其实何等无足轻重。

一天傍晚，父亲的妻子打电话给艾谢，说父亲遇到了麻烦。我们立刻上车，却直到从办公室出来整整三小时十五分钟后，才赶到父亲的住所。看到窗户里没有一丝灯光，我感到疑惑，并且生气，当父亲的妻子哭着打开屋门的那一刻，我以为他们吵架了。然而一踏进屋子，我就明白是父亲没了。有人打开灯，我怀着懊悔之情看到了不想看的一幕。父亲躺在长沙发上，那是最近一次他坐在上面为我们讲风趣故事的地方。

什么时候死的？如果是我们在路上时，仿佛这是我的错。不过也许第一次来电话时他已经死了。我们无法看向父亲，便像侦探似的一遍遍重复这个问题，却无法从父亲哭泣的妻子那里得到任何答案。

那晚，我知道要在父亲家里过夜，便找出冰箱里的库吕普拉克酒喝了起来。直到一位大夫前来在纸上写下我们其时已知晓的结论，我们才明白父亲死于心衰竭。在读那张纸和随后三人把父亲抬到卧室干净的床上躺下时，我以为自己会哭出来。又或许我哭了，只是他的妻子如此大声地号啕，以至于连我的呜咽也淹没其中。

直到后半夜，我妻子在长沙发上，父亲的妻子在家里另一张床上沉沉睡去，我才挨着父亲在他床上躺下。我可怜的父亲，他的头发、脸颊、胳膊、褶皱的衬衫，甚至他的气味都和我儿时一样。

突然间，我的目光被他的脖颈和皮肤吸引：七岁那年，母亲、我和父亲去黑伊贝利沙滩。为了让我学会游泳，母亲抓住我的肚子把我扔进水里，我本能地挣扎着游向几步以外的父亲。正当我靠近父亲时，为了让我再多游几下好快点学会，他向后退了一步，我带着追赶他的激动喊道："爸爸，别走！"看到我大喊大叫的紧张模样，父亲笑了，他用有力的双臂像抓只小猫一样把我从水里捞出来，让我的头抵在他那即使在海里仍有独特气味的脖颈和胸膛（是廉价香皂和饼干的味道）——就是我此时看到的脖颈这个地方。每次他都皱起眉头这样说：

"儿子，没有那么可怕。瞧，我在这儿，好吗？"

"好的。"我上气不接下气地说，带着躺在他怀里的信任和幸福。

35

　　我们把父亲葬在费利阔伊陵园。墓地前站着三拨人。前面是泪眼汪汪的他的妻子，我们夫妇二人以及所有或远或近的亲戚。后面站着的，与其说是为父亲，不如说更多是因我而来的开发商、工程师和商人们。再有就是三三两两聚在一起抽烟，等待祷告的父亲的政治故友。

　　虽然我很愿讲一讲葬礼的细节，但因为与主题无关，便不赘述。费利阔伊陵园的人群散去时，一个身材高大，和蔼可亲的男人使出浑身力气抱住我："你不认识我，但我认识你很多年了，杰姆先生。"他说。

　　见我没能认出他，他便说"很抱歉"，并在我口袋里放了一张名片。

直到两周后我重返日常工作才去看这张名片。早就认识我，现在做"印刷，名片，请柬和宣传材料业务"的瑟勒·西亚赫奥卢会是谁呢？我努力回想十六岁那年夏天在恩格然见过的人和面孔。另一个打井学徒阿里的脸常常出现在我眼前。除红发女人和马哈茂德师傅外，我最关心的就是他。

我实在想不起瑟勒先生，便按照他自己印刷的名片上的地址发去一封邮件。我想，既可以向瑟勒先生问问恩格然的故人，又可以得到关于地皮的信息。况且，多年以后作为建筑承包商回到事发现场，难道不是当作什么事情都没有发生过的最好途径吗？

十天后，在尼尚塔什宫廷甜品店的见面那样短暂，却足以让我震惊。我们没有东拉西扯，这或许是我的失误。不过见面的每时每刻，一方面我感觉自己想问，想了解所有的一切，一方面直觉告诉我，我胆怯地不想问，不想知道所有的事。

瑟勒先生比我在葬礼上见到时更加魁梧和肥胖。我还是没能从恩格然那一个月当中记得的面孔里找到他。不过我大可不必为此过分苦恼，尽管他很早就听说过我，但据他自己说，葬礼上我们是头一回见面。

他认识我父亲，很敬重他，并且为能前来参加葬礼以表达对我父亲的敬意感到欣慰。葬礼上，他一眼就认出了我。因为我和父亲简直是一个模子刻出来的：谢天谢地，我跟他一样英俊，阳光，心地善良。父亲非常爱国，非常无私。他为国家牺牲自我。他好心好意地做了这些，换来的却是酷刑，他绝对没有屈服。他锒铛入狱，却没有像某些人那样改变意志。不过很可惜，我父亲也曾被诬蔑，他的同志让他心寒。

"什么样的诬蔑，瑟勒先生？"

"杰姆先生，我不想用过去的政治八卦和令人痛心的胡说八道占用您宝贵的时间。我有一个请求。您的公司苏赫拉布看上了我的一亩三分地，不过地产中介和您的工程师们没有给我合理的待遇。您的父亲是个绝不姑息不公正行为的人，我想您作为他的儿子，有必要知晓此事。"

他没有拿到别人得到的价格，因为地皮上出现了要求共享权利的其他合伙人。但事实上这是他自己的地。

"瑟勒先生，您能告诉我这块地皮的位置、土地编号吗？"

"我带了一张所有权证书复印件。不过您看到上面的合伙人可不要误会。"

我接过所有权证书，试图找出这块地的位置时故作沉思。

"瑟勒先生，您知道吗，很久以前我也在恩格然待过。"我说，
"我对那里有些了解。"

"我当然知道，杰姆先生。1986年夏天，您还来过我们自
己人的帐篷剧场。那个月，图尔加伊先生和他的妻子住在我家
对着后院的屋子，图尔加伊先生的父母住在上面对着车站广场
的房间。"

他就是我和红发女人在他家做爱的那个广告牌商人！是他
的妻子打开房门告诉我演员们已经离开。我怎么就没想到呢？

"您和马哈茂德师傅在上面的平地打井，"他说，并指着所
有权证书，"我的这块小地皮就在您那口井的前面。马哈茂德
师傅——感谢他——一找到水，制造商们立马蜂拥而至。我的
广告牌店面什么钱都没挣到。不过我和妻子东拼西凑，一两年
后也在那里买了一块地皮。这块地现在就是我们的全部家当。"

我终于知道，事实上多年来我的潜意识，不，是全部意识
都明白却不敢相信的一件事：马哈茂德师傅活了下来，并且继
续挖井，还找到了水。为了消化自己得知的这些信息，我呆呆
地望着甜品店里的人群——有狼吞虎咽的学生、购物的妇女和
打着领带的男人们，但思绪却停留在过去。

为什么三十年来我相信自己可能误杀了马哈茂德师傅？

当然是因为我读了《俄狄浦斯王》，相信了这个故事。我愿意这样去思考。我还是从马哈茂德师傅那里学会了相信古老故事的力量。现在我仍旧跟俄狄浦斯一样，探究自己曾经的罪过。

　　"您是怎么认识马哈茂德师傅的，瑟勒先生？"

　　我走后，马哈茂德师傅就找到了水，哈伊利先生给了他很多赏赐和新工作。挖井时桶砸在他身上，他肩膀受了伤，因此他们对他很是尊敬。哈伊利先生让马哈茂德师傅又打了两口新井，并让他从下面以隧道连接，做成蓄水池。后来别的工厂、洗染坊也请马哈茂德师傅建蓄水池，挖井，搭模子，砌水泥。随着打井行业的终结，事实上也因为肩膀落下残疾的缘故，马哈茂德师傅这才定居恩格然，直到过世。

　　"马哈茂德师傅什么时候死的？"

　　"有五年多了。"瑟勒先生说。他们把马哈茂德师傅埋在了山坡旁的墓地。他在恩格然的徒弟、其他师傅和工厂主们都来参加了他的葬礼祷告。

　　"我像爱父亲一样爱马哈茂德师傅。"我说道，惊讶地睁大了眼睛。

　　从瑟勒先生的眼神里我明白，他知道我做过对不起马哈茂德师傅的事，事实上师傅是带着对我的失望和恼怒死去的。不过直觉告诉我，如今瑟勒先生有求于我，因此不想把事情闹大。他知道三十年前我以为自己杀死了师傅，于是慌乱之下把师傅抛弃在井底的事吗？

马哈茂德师傅是如何从井里上来的？我感觉到自己有一股强烈的冲动想问这个问题，也想知道关于红发女人的一切，但我克制住了。

"马哈茂德师傅提到你时总说，你是他最有文化的徒弟。"瑟勒先生努力想说点什么好的。

或许马哈茂德师傅在这句后面还会加上"你会害怕真正有文化的人"之类的话，他是对的。毕竟导致他肩膀残疾的罪人是我。

瑟勒先生并不知道，我平生第一次和女人上床是在他的家里。即便我没有问真正想问的问题，东拉西扯间也从他口中得到以下信息：瑟勒先生和妻子从车站广场对面的公寓搬了出来。有着大窗户的丑陋公寓楼被拆，原地盖起一座购物中心。如今年轻人都聚集于此。如果我来恩格然实地考察，了解地皮纠纷，他会先带我去那里看看，然后请我去他家吃晚饭。虽然不再参与活动，他跟老朋友们并未疏远。时常还会买《革命者家园》杂志来看，不过内容过于激进，已经不像过去读得那么多。"如果他们不执着于美帝国主义，转而写些建筑领域的不公和欺诈，其实会更好。"他说。

他的最后一句话里是否有威胁的意思？

"瑟勒先生，我会跟我的人说，他们不会允许不合理的事情发生。不过我对您也有个请求。您提到的那些对我父亲的诬蔑是什么……"

这种事情不止发生在我父亲身上。那个时期，土耳其是落后的。善良的激进马克思主义—左翼分子，尤其来自安纳托利亚的那些人非常"封建"。他们看不惯组织内部的男女关系、公然的挑逗者和爱情故事，因为会引起嫉妒和争斗，组织的领导层也不允许这样的事情发生。革命团体容纳不下我父亲的爱情。

"女孩儿很漂亮，但是'革命者家园'的一个高层也看中了她。"瑟勒先生说。

事情因此闹大，最后我父亲离开了那个组织，加入另一个团体。看中女孩儿的大哥娶了她，后来又被宪兵打死。女孩儿没能离开组织，又嫁给大哥的弟弟。事实上，瑟勒先生没有对我父亲和那个轻率的女孩儿之间的爱情表示惋惜，因为父亲后来明智地跟一个团体之外的人结了婚，于是有了我。既然我父亲已不在人世，他希望这些陈年往事不会让我难过。

"已经过去了，瑟勒先生，没什么可难过的。不过是些陈旧的爱情故事。"

"杰姆先生，其实您认识他们。"

"谁们？"

"后来跟女孩儿结婚的那个弟弟就是图尔加伊先生。您父亲心爱的人就是住在我家里那个当演员的姑娘。"

"什么？"

"就是红头发的居尔吉汗女士。以前她的头发是棕色的。您已故父亲年轻时候的情人就是她。"

"真的吗？他们现在在做什么？"

"他们离开组织，走了……有两年夏天还带着帐篷来给当兵的演戏，后来就没找过我了。我也离开了组织。跟那些有了孩子就干起了别的工作、去别的城市的人一样……她儿子是个会计，也替我记账。恩格然的一些故人，跟我一样，一直在那里欢迎你来。"

直到离开，我再没问过红发女人的事。瑟勒先生为了使我不至于心碎，稍以巧言修饰，把故事提前了六七年，也就是父亲和母亲相识结婚以前。然而，我八九岁的时候，父亲曾经消失了两年。那段日子，我感觉母亲对父亲尊重少而怨愤多。我们当然知道他的失踪有政治因素，但整件事似乎还有不可告人的一面。我了解到这一点，是因为我发现母亲怨愤的对象并非国家，而是父亲的左派朋友，而且他们的窃窃私语也给我留下这种印象。

　　和瑟勒先生一起走出甜品店，我对自己得知的一切错愕不已。努力不让老广告牌商人看出自己多么震惊也让我疲惫不堪。我像个没有父亲和儿子的游魂，在大街上走了很久很久。

36

　　晚上，我对艾谢说去见了一个人谈地皮，他还聊了些恩格然的旧事。相对懊悔或是罪恶，我感到更多的莫过于一种被欺骗和被当作孩子的羞辱感。如果父亲还活着，他会怎么说？如果他知道父子俩相隔七八年，跟同一个女人上床会说什么？我思考过这个问题，但没有过多去想。我想与妻子亲近，却对她隐瞒所知一切对自己的影响。我对红发女人感到畏惧。

　　好奇侵蚀着我的灵魂，但我对于能够了解到的一切又望而却步。我百般努力，想成为一个好人，不知源于何处的一种懊悔却让我内心阴云密布。没做什么而被指责，是我们只在梦里才能够经历的一种恐惧。我常常感觉到这种恐惧。

苏赫拉布作为一家建筑公司正快速地成长，我们也无暇对每件事都亲力亲为。地产买卖已交由艾谢叔叔的儿子主管的一个部门去做。我们喜欢说些——简直跟穆拉特一样——"嘿，在贝伊科兹山坡上买了那么多地，可我们甚至都没能去看上一眼"之类的话。对朋友们说"我们不知道希莱的后面都是什么样的地方，但是谢天谢地苏赫拉布在那一带也买了很多地皮"之类的话也让我们心满意足，因为苏赫拉布就是我们的儿子。它比大多数孩子成长得都快，比同类公司更加成功，并通过明智的决策为自己吸引了关注。

　　有时，我单纯地问自己人生的意义何在，并唏嘘慨叹。是没有孩子，我百年后一切将无人继承的缘故吗？我越是伤感，越寻求艾谢友情的庇护。艾谢发觉我对她的依赖源于对一个强大、聪明女人的亲密需求。她还知道，我绝不会欺骗她，不会有隐瞒于她的精神世界，不会寻花问柳，不会有任何秘密。某些时候，如果我们在苏赫拉布的办公室超过一个小时看不到彼此，就会打电话问对方："你在哪儿？"这种亲密赋予的自信和某种潜在的自恋，导致2013年初我们犯了一个带给苏赫拉布巨大损害的错误。

　　跟我们一样利用《建筑法》修改条款迅速壮大的其他大公

司，修建起高楼林立的小区，为了卖房子在报纸和电视上大打广告。我们也跟从事这项业务的其中一家招摇的广告公司达成意向，并听其摆布。

大建筑商们在建筑公司广告中抛头露面，关于他们盖的楼说点什么。以前，这是为了让人们觉得高楼大厦都是可靠的公司所建；也就是说，打着领带、头发花白的建筑商就在你们面前，他不是一个会欺骗你们、建造一次地震中就倒塌的廉价豆腐渣工程的男人。

广告商们认为，相比年迈的建筑商，艾谢和我年轻、有文化、摩登，我们一起出席的广告活动，能让苏赫拉布立刻从其他乡土出身的公司中脱颖而出，遥遥领先。尽管我们说不想在广告中抛头露面，最后还是头脑一热，没能抵挡住摩登和苏赫拉布的字眼。

甚至在拍摄过程中，我们就感觉到自己已经犯了一个错误。我们浮夸地模仿自己不曾享受过的矫揉造作而华丽的欧式富贵生活。为报纸和广告牌拍摄的广告一经在电视播出立刻取得巨大成功，同时不出所料，最亲信的朋友也对我们奚落挖苦。苏赫拉布在伊斯坦布尔三处不同角落（卡瓦哲克、卡尔塔尔和恩格然）盖的三座小区住宅楼还没完工，正当楼房以相对昂贵的价格大卖的时候，我们开始听到朋友对我们在广告中的服饰和矫揉做作的嘲笑。好心点的朋友以"你们这样抛头露面好吗？"之类的话加以提醒。奥斯曼、俄罗斯、伊朗和中国的有钱人，慑于国家的冷酷从不炫富。

就这样，一段时间里，我们足不出户，不开电视，等待这场广告噩梦被遗忘。一时间，我们的儿子苏赫拉布反倒让我们成为囚徒。

那些日子，关于广告和我们俩的信件被寄到苏赫拉布，其中不乏一些嘲讽。每周不超过八封的信都由我打开，大部分被我读过后随手一丢。却有一封，我收在了口袋里：

      "杰姆先生，

      我想表达对您的敬意，您是我父亲。

      苏赫拉布在恩格然做着错误的事。

      我想作为您的儿子提醒您。

      如果您能给这个地址回信，我将悉数告知。

      不要害怕您的儿子。

      恩维尔"

下面还有一个电子邮箱地址。我想，这是个跟瑟勒·西亚赫奥卢一样想利用谣言和恐吓从公司捞点什么好处的恩格然人。"您是我父亲"的说法则让我受用。我很好奇"错误的事"是什么，便向苏赫拉布的律师内贾蒂先生咨询。

"大家都知道，三十年前恩格然还是个很不起眼的军事小镇时，您在那里当过打井学徒，"他向我解释，"这个谣言在最近一次广告活动后演变为一个传说。对恩格然人来说，得知在电视上跟妻子一起以时尚的形象出现的承包商老板以前就生活在他们当中，还在井上打过工，迎合了他们的口味。不过，当他们带着同样的骄傲卖地时，却得到不合理的价格，第一次讨价还价中，他们的好感也就变成一种深刻的怨恨。激发这种怨恨的，与其说是对您广告中的形象信以为真，认为您过于装腔作势，甚至没有宗教信仰，不如说是他们相信很多年前，您和大家爱戴的马哈茂德师傅之间发生过不愉快的事。马哈茂德师傅作为在恩格然找到水的人，几乎有着圣人一般的地位。您必须去那里改变这种错误的观点。如果您对今天的恩格然居民讲，三十年前您是如何跟随师傅找了一夏天的水，他们会立刻明白您也是和他们一样的人，就不会跟苏赫拉布过不去了。"

37

　　然而，我对去恩格然踌躇不决。这其中，不乏多年来在不断阅读、探讨俄狄浦斯和苏赫拉布的故事过程中，内心充满恐惧的影响。

　　五个星期后，内贾蒂先生想和我在办公室单独见面。

　　"有个自称您儿子的人，杰姆先生。"

　　"谁？"

　　"恩维尔。给您写信的人。"

　　"真有其人？"

　　"是的。二十六岁。他声称您和他的母亲1986年在恩格然上过床。"

伊斯坦布尔上空乌云低沉。我们坐在苏赫拉布位于尼尚塔什区瓦利阔那厄大街尽头高耸的办公和购物中心大楼最上面三层的中心办公室，我的房间里。

"那时您十六岁，"看到我沉默不语，内贾蒂先生说道，"事情过去差不多三十年了。过去这种情况，法官对作为原告的母亲或是孩子的话听都不会听。众所周知，直到不久前，根据法律，打认父官司在我们这儿是有时效的。孩子出生后的一年……倘若那个时候没打，再就是孩子长到十八岁以后的一年……这个孩子已经超过十八岁八年了。"

"如果孩子是亲生的呢？"

"据我们调查，孩子的演员母亲怀他的时候已经跟另一个戏剧演员结了婚。土耳其法律出于保护家庭完整、不损害父亲的威严和象征性身份的考虑，不论谁说什么，都会在户口上把已婚妇女的丈夫自动登记为孩子的父亲。相反则是不可能的：一个女人说'我和我丈夫结婚时跟别的男人上了床，我孩子的父亲不是我丈夫，是那个人'，即便她的丈夫或是丈夫的家里人没有当场砍死她，按照过去的法律她也会因为通奸罪坐牢。"

"这些法律有变化吗？"

"医学先于法律改变，杰姆先生。现在善良、勤勉的法官已经不需要把父亲和他的孩子叫到法庭，让他们并排站立，看着他们的脸比较像不像，也不需要问'你认识这个孩子的母亲吗，有照片和证人吗？'，只要取父亲和孩子的血，验个DNA，就能确定谁是谁的父亲，谁是谁的孩子。过去，这种事被认为是在社会的根基上放置炸弹而不被接受。"

"承认孩子的父亲另有其人为什么会撼动社会？"

"杰姆先生，我的律师朋友有打认父官司的丰富经验，从他那里得到的信息让我难过。他们给我讲了很多男人的故事，有玩弄穷人家的姑娘把她们肚子搞大的，有因为懂法说着'今天，明天'就结婚的话，把姑娘玩弄上一年的，有像奥斯曼皇帝般把被搞大肚子的姑娘嫁给他身边干活的男人的……在大家族里，把叔叔的年轻妻子肚子搞大的侄子们，从乡下来投宿，把公寓里邻居的妻子，自己哥哥的妻子甚至是亲妹妹肚子搞大的……家丑不可外扬，为了维护家庭，避免流血，所有的事都藏着掖着。可是，人们是不会忘了这种事的……杰姆先生，您在1986年，十六岁的时候，是否真的跟这个孩子的母亲居尔吉汗女士在一起了呢？"

"只有过那么一次，"我说，"可一次就有了孩子对我来说完全不能相信。"

"他们找了一个打认父官司的高手，是个难对付的律师。这个律师年轻勤奋，他自己很多年一直认他人为父，所以对于自己都不相信有理的案子绝对不接。"

"谁能知道谁有理呢？"我说，"居尔吉汗女士还活着吗？"

"活着。"

"我十六岁那年她的头发是红色的。"

"现在依然如此，依然漂亮。她的丈夫图尔加伊先生在他们分居以后就死了。他们的婚姻很糟糕，不过她依旧很充实，有生活，有戏剧梦。很显然，她提出这个主意，并非出于对丈夫的报复，更多是出于为生活困窘的儿子找到一份收入来源。她应该知道关于 DNA 鉴定和一年有效期法律失效的事……"

"孩子靠什么为生？"

"自称您儿子的人，恩维尔，在一所我记不得名字的大学读了财会专业。单身。在恩格然有家小会计事务所……他跟民族主义青年组织来往密切。憎恨库尔德人和左翼分子。对自己的父亲和生活不满。"

"你说的父亲，是指图尔加伊先生吗？"

"是的。"

"内贾蒂先生，如果您处在我的位置，会怎么做？"

"三十年前发生过什么您比我清楚，所以我没法设身处地，杰姆先生。不过根据您跟那位女士在一起的回忆来看，最好是验个血……我来参与诉讼，第一次庭审我们也要求验血，不必多费口舌。另外我会让法院做出保护隐私的裁决，以防媒体拿苏赫拉布的老板做无良报道让我们难堪。"

"目前也不要让艾谢女士知道，否则她会很伤心。如果您能先跟恩维尔先生见一面，我们能够庭外和解的话就好了。"

"他的律师说，委托人不想跟您谈话或是见面。"

霎时间，我惊讶地发现自己因此而心碎，并且明白自己其实很关心"我的儿子"。

不知道他的手、臂膀、脸、举止像我吗。如果我们相遇，我的内心会涌过怎样一种情感？他真的跟那些法西斯民族主义者厮混吗？他为什么在恩格然定居？红发女人对这一切怎么看待？

38

两个月后，我在查帕医学院验了血。在法官还未宣布医院递交的报告之前，内贾蒂先生在电话里向我通报了结果。一周之后，法官裁决，根据所有合法结果，恩维尔将正式被登记为我的儿子。我暗自幻想，在整个庭审、验血、宣判、户口登记中的某个环节，在医院或是法院，能够跟儿子相遇。我们看见彼此的第一反应会是什么？

律师内贾蒂先生认为，儿子不想见我应该是件好事。这种情况下，不论什么年龄的儿子，都会对父亲感到怨愤。一旦户口登记手续完成，多年来生活困窘的儿子和母亲就有权利向父亲展开赔偿诉讼。目前为止两个人都没有采取这方面的行动，这是个好消息。或许他们没有向我们敲诈勒索的想法。看到他的话让我过分乐观，律师提醒我：所有认父官司最后都会变成经济官司。历史上，还没有见过哪个提出起诉的儿子说，我父亲不是那个有钱的重要人物，是这个微不足道的穷鬼。同时管理苏赫拉布投资的内贾蒂先生又一次提出，我们借此机会在恩格然开一个公司推介会是件好事。

首先，我必须对艾谢坦白。一天，我对妻子说："我有一件非常重要的事情，不能随口一说，必须面对面地跟你谈。"

"什么事？"艾谢说着先害怕起来。这让我也意识到无法对自己、对每个人隐瞒这件事，如同多年来隐瞒被我抛弃在井底的马哈茂德师傅那样。

"我有个儿子。"晚饭喝了两杯拉克酒后，我突然对艾谢说。我把一切如实相告，没有丝毫隐瞒。那一刻，我如释重负，却让艾谢忧心忡忡。

"当然，你应该对孩子负责，"长久的沉默之后，艾谢说，"可是，这个消息让我很痛苦。这是你想看到的吗？"

见我不答，妻子又提出一连串问题：我是否想见红发女人，想跟我的儿子做朋友，也想让妻子跟他建立亲密关系？这么多年来我们研究世界各地关于《俄狄浦斯王》和鲁斯塔姆与苏赫拉布的评论就是因为这个?

那晚,我们喝了很多酒,酩酊大醉后还聊到已经无法回避的实际话题:由于我们没有其他孩子,土耳其的法律也不存在遗嘱之说,因此在我死后,苏赫拉布的三分之二将自动归儿子所有。如果艾谢先我一步(我们年龄差距不大,因此这是非常重要的一种可能性),我死后,苏赫拉布的全部都将属于这个我们甚至都不曾谋面的孩子。

"晚上,我梦见你的儿子被杀死了。"艾谢第二天早上说。

另一天晚上,我们谈了遗产、法律、律师和基金会等问题,第二天早上,她更加坦白地说:"我很惭愧说这种话,但有时候我想杀死他。这个野种名叫苏赫拉布的话,恰如其分。"

"别用那么恶毒的字眼,"我对妻子说,"孩子是无辜的。况且他父亲是谁也清楚了。"

感觉到我偏向孩子,妻子心如刀割,沉默不语。一段时间,她旁敲侧击地问我是否已经瞒着她跟儿子见面。为了让她安心,"实际上孩子不想见我,"我说,"我想他是个怪人。"

"你是不是好奇他长什么样,你想见他对吗?"

"没有。"我对妻子撒了谎。我认为在这件事上有必要对妻子撒谎,因为我感觉到自己对儿子抑制不住的好奇和亲近感。

三个月后的一天，穆拉特从雅典给我打来电话。他先是追忆多年前让我感觉不虚此行的那趟德黑兰之旅，最后说，在大不列颠酒店等我见面。两天后，我们在雅典相聚时，他兴奋地告诉我希腊政府濒临破产。在气派的酒店大厅里——"二战"结束后，英国人在内战中建造了这所酒店当作指挥部——他告诉我，雅典的房价跌了一半，住在那里的半数人中，大多是想低价买房的德国籍外商，说完开始给我看市中心在售楼房的彩色照片。

两天里，我跟着穆拉特和地产中介在雅典看出售的楼房。一天下午，我叫了辆出租车，带朋友去了离此地一小时路程的忒拜城。我们在这里看到了废弃的铁路，布满常春藤和蜘蛛网的旧车厢，空旷的工厂和飞机棚。俄狄浦斯王生活的城市，正如安格尔和居斯塔夫·莫罗的画中所描绘的那样，矗立在一座陡峭的山峰上。我们在那里喝咖啡时，穆拉特说他需要钱，想把他在恩格然的地转给我。

伊斯坦布尔的律师们凡事比我反应迅速且考虑细致。他们说此举可行，穆拉特先生要的价钱并不高。不过在开展这项对苏赫拉布来说利润巨大的业务之前，举办一场会议来回顾我在那里的旧时光，证明我们公司的善意以及我对马哈茂德师傅无比的尊敬会有好处。

我让内贾蒂先生去做调查——不能透露给艾谢——倘若我们在恩格然举办会议，居尔吉汗女士和恩维尔先生将会如何反应，必要的话请私家侦探提供协助。

两周后，内贾蒂先生把他搜集的所有信息向我汇报：红发女人跟她的儿子关系亲密，更像是朋友。不过认父官司后他们很少见面。红头发的居尔吉汗女士对内贾蒂先生的见面提议先是说"不"，随后又提出条件"如果您不告诉任何人的话"，最后还是放弃了。她住在已故丈夫图尔加伊先生在伊斯坦布尔巴克尔柯伊留下的一处公寓里，靠给外国电视剧配音度日。

律师内贾蒂先生认为，我的儿子恩维尔——既出于对广告活动的反感，也因为此时还不想让人知道我是他的父亲——是不会出现的。或许我的儿子恩维尔不是一个很有成就的会计师，不过他为信任他的店主记账，帮他们报税。我儿子，在某些人看来是因为非常依赖他的母亲，而有些人则认为是因为他的暴躁和乖戾，所以至今未婚。他和像自己母亲一样热衷戏剧的一群年轻朋友有来往，并在内贾蒂先生带给我的《新月》《泉》等温和的右翼文学杂志上发表诗歌。我在家里背着艾谢读这些诗的时候问自己，倘若父亲还活着，对这个给宗教杂志写诗的孙子会怎么想。

与此同时，我要求苏赫拉布的推介部门筹备恩格然的会议。我对艾谢说，不会参加这个会：既因为去恩格然让我感到害怕，也因为我不想伤艾谢的心，她甚至不想办会。

会议当天，我给自己安排了安卡拉之行。周六临近中午，一到公司，我突然决定取消安卡拉的行程。去恩格然的苏赫拉布员工们的兴奋感染了我。我请求内贾蒂先生对艾谢隐瞒下午我也会加入苏赫拉布团队去恩格然的事。我对大伙说想坐火车去恩格然，这是我潜意识里计划了三十年的事情。从办公室出来前，我随身带了政府根据需求给矿主和开发商颁发的证书以及我的克勒克卡莱手枪[1]。十五天前，我在苏赫拉布的一块空旷的工地上对着摆放在水泥袋子上的瓶子开枪试了试。当然我害怕会发生意外。

---

[1] 克勒克卡莱手枪：产自土耳其重要工业中心克勒克卡莱省的手枪。

39

当开往恩格然的火车在城墙和马尔马拉海之间，在有着百年历史的凌乱楼宇和新建的混凝土宾馆、公园、饭店、船舶和汽车当中摇摇晃晃地穿行时，我感觉到腹中逐渐强烈的疼痛。当天下午，内贾蒂先生再次告诉我恩维尔先生不会参会，不会出现在恩格然，但我还是禁不住兴奋地想着我的儿子会以某种方式出现，只为见他的父亲一面。面对马哈茂德师傅和自己罪孽的恐惧，三十年后演化为在恩格然与儿子相遇的惴惴不安。火车在恩格然减速时，我没能透过混凝土楼房看到我们的平地，却突然间感觉自己在这里有个约会。

走出车站大楼的一刹那，我发现恩格然消失了：我过去看着窗户猜想红发女人住在几层的那所公寓拆了，取而代之的是一处繁华的商业中心，广场上满是吃着汉堡喝着啤酒和阿伊让[1]的年轻人。广场对面的大楼底层被银行、烤肉店和三明治店占据。就像回忆中常常做的那样，我凭记忆从车站广场走向鲁米利亚咖啡馆曾经所在的地方，走向跟马哈茂德一起坐着的桌子所在的人行道，只是不见了能够让我回忆我们晚上一起喝茶的任何东西。那些老人跟随他们的老楼一起消失了，取而代之的是周六下午寻欢作乐的，嘈杂、喜悦、好奇的人群和他们的新楼。

路过饭馆街时，虽是周末，四下里既不见一个士兵，也不见监管他们的宪兵。原本的地方，不见了五金店、铁匠铺以及马哈茂德师傅每晚买烟的杂货店。院里的两三层房舍全部被拆除，建起了大同小异的五六层公寓，我甚至不清楚自己是否在正确的街道找寻记忆。

很快我就意识到，此次重返恩格然的行动在我眼里被过分放大。我过去认识的这个镇子已经变成了伊斯坦布尔一个普通的街区，和其他地方一样，满是混凝土建筑。我还认得一些故

---

[1] 阿伊让：土耳其特有的一种饮品，以加水的酸奶制成。

人：和打井学徒阿里紧紧地握手，他笑着，很和善；去瑟勒·西亚赫奥卢家，跟这对胖夫妻喝了杯茶，同行的还有内贾蒂先生和苏赫拉布的主管们；跟据说是马哈茂德师傅亲戚的一位蛋糕店老板在众人强迫下尴尬地握了手。沿着马哈茂德师傅安息的墓地向上爬，我明白了，抛开跟地皮和楼房有瓜葛的人，我在恩格然确是被遗忘的，没有什么值得害怕。

三十年前，山坡上还空旷一片的"我们的平地"俨然成为钢筋水泥森林，被六七层公寓楼、库房、作坊、加油站、底层的饭馆、烤肉店和超市塞满。碍于高楼，已然看不出三十年前从田间抄小道的曲折，我们挖井的地方难以辨认。

苏赫拉布勤奋的销售团队簇拥着我穿过小巷，来到为举办会议和宴席租的婚礼大厅。透过宽敞的窗户，我试图分辨出我们在平地的什么位置，军营和远处的蓝色山峦消失于何处。我们的井应该在军营方向一里远的地方。此刻我只想不顾一切地去那里。

即将连通恩格然与新机场和海峡大桥环路的四车道高速公路不是从车站方向，而是从我们那口井的方向靠近老恩格然，导致我们平地的地皮和房价上涨。参加会议的大多不是恩格然居民，而是考虑在快速发展的这一带买房的新贵有车族。苏赫拉布的主管们向他们展示了各种楼盘模型，高层景致，泳池和儿童乐园的大小。我不清楚他们对此有多大兴趣，因为我的内心正忐忑不安。我们的人还找来从苏赫拉布在贝伊科兹、卡尔塔尔和其他地方新建的楼盘中买了房子的两对夫妇，请他们讲讲自己生活得有多幸福。他们所谓"苏赫拉布生活方式"的说法，让与其说对房子和地皮感兴趣，不如说是来凑热闹的坐在后排的人群骚动起来。我听到一两个冷嘲热讽的提问。后面的一群人大概是有组织的，可能想让我下不来台，甚至企图通过贬低我来打击苏赫拉布的销售。

我并未公布要来的消息，但老恩格然人在等我。我简短地讲了两句。我说，早在三十年前我就和师傅来到伊斯坦布尔这个美丽的角落挖井。我充满敬意地缅怀马哈茂德师傅，三十年前是他在这里找到水，在他的带领下，这片土地有了生机，工业和人群扎根于此。今天在这里展示模型的新楼，是三十年前文明飞跃的一个延续。

会场有百十来人。直觉告诉我，后面大声说笑的几个小伙子是来凑热闹的，不过从他们的不加掩饰来看，即使有恶意也不危险。真正别有用心的应该来自人群中的沉默者，想到这里，我举目向大厅的后排看去。

正如我前面的几场发言，还未及我问"哪位有问题？"，他们便发问了。活动负责人回答了关于付款条件的疑问。正当他回答另一对夫妇关于如果今天交钱多久之后能交房的问题时，我看到人群中一位上年纪的妇女执着地举起手，我的心立刻怦然而动。

我的大脑莫名其妙地对眼睛早已发现她这一点后知后觉：坐在那里的女士，从她的头发也能知道，显然是红发女人。我们四目相对。在人群的喧闹中她尽量显得友好，和蔼地笑着，执着地举着手。我请她发言。

"我们非常赞赏苏赫拉布取得的成就，杰姆先生。"她说，"我们期待您在其中一栋楼里盖一家剧场。"

周围坐着的几个人为她的发言鼓掌。不过我没有注意到有人特别关注红发女人和我，或是在她言语中寻找弦外之音。

提问环节过后，四散的人群向楼盘模型走去，我们俩来到一处。

三十年来，我第一次见到她。岁月不曾蹂躏红发女人，她脸上美丽而神秘的表情、鼻子、嘴和她那独有的厚实浑圆的嘴唇反倒更加突出。她既不疲倦，也不愤怒，而是坦然和愉悦。至少，她想要看起来如此。

"我这样到来吓到您了，杰姆先生。我们在这里组建了一个年轻人的剧团，他们当中一些人是我儿子的朋友……我想把他们介绍给您。他们没有通知，但是我很肯定您今天会来。"

"恩维尔没来吗？"

"没有。"

她提到的剧团的年轻人自成一伙，待在一个角落。内贾蒂先生不动声色地把我和红发女人引到远离众人视线的一角坐下，叫了茶，然后留下我们俩单独相处。

"杰姆先生，我儿子恩维尔的父亲是您还是图尔加伊，很多年我都无法肯定，不过也没有过于好奇。我一直怀揣疑问。可是，如果我去法院的话，也无法证明什么，只会让大家伤心，使您和我自己蒙受耻辱。您也知道我并不想这样。"

我吞噬般听着红发女人说的每字每句，同时观察着大厅的人群中是否有好奇的人关注我们。现在她就坐在我的对面，她的小手依旧灵活，穿着和三十年前在车站广场跟我走路时穿的长裙颜色一样的天蓝色衣服，她的脸、指甲都保养得很好，这一切都让我惊讶。

"当然，关于他的父亲是谁的疑问，我没有让他们俩任何一个人察觉。"她继续说，"事实上，图尔加伊对我和儿子很糟糕，因为我之前和他的哥哥结过婚。我们分开后以及图尔加伊过世后，告诉恩维尔其实他的生父有可能是像您这样成就卓著、熠熠生辉的人并劝他打官司，这非常之难。最终他还是提起诉讼，不过我们也因此经常吵架。我们的儿子恩维尔，他的人生还没有取得成功，但他是个很骄傲、敏感、富于创造力的人。他写诗。"

"内贾蒂先生说过，一些诗还发表了，我找到杂志读过了。非常好的诗。不过诗中的观点和那些杂志让我感觉古怪。真遗憾，他们连年轻诗人的照片都没有刊登。"

"啊，当然，我会给您寄一张我们儿子的照片，"红发女人说，"那些观点并不重要。今天他会倔强地给宗教杂志投稿，明天就会写关于军人和旗帜题材的诗……他非常桀骜不驯，有个性，不过对任何事都反应过度。他需要一个为他指路的强大的父亲。"人群中有几个人向我们靠近。"前提是恩维尔得认识并喜欢他的父亲。"红发女人说，"我今天喊他来，可他没来。今天来的这些年轻人，是我激发了他们对戏剧的兴趣。周日，我们会一起去伊斯坦布尔看戏，有些是恩维尔的朋友。"

人群向我们走近，红发女人立刻佯装一副试图了解住宅情况的专心的客户模样，优雅地抿着茶。我起身在人群中稍作游荡后来到内贾蒂先生身边。我想让他邀请红发女人和爱好戏剧的年轻客人们参加我们举行的晚宴。

"一切进展顺利，"律师内贾蒂带着卸掉千斤重担的兴奋说，"苏赫拉布在恩格然已经没有太大麻烦了。"

"不一定，"我说，"这里已经是伊斯坦布尔，不是恩格然了。"

40

推介会后在婚礼大厅举办晚宴是广告商们的主意。宴会由饭馆街上依然营业的解放饭店操办。跟年迈的萨姆松老板聊起三十年前，我还记得一天晚上和红发女人在解放饭店同席而坐的情形。席间，我决定跟红发女人和年轻演员们保持距离，并尽早动身回伊斯坦布尔。我唯一的心愿是离开前能看一眼和马哈茂德师傅一起挖的井。对于我的要求，内贾蒂先生表示"容易"，不过他没有安排恩格然的老人们，比如我的学徒朋友阿里当向导，反而去找红发女人，这让我坐立不安。

"塞尔哈特是爱好戏剧的青年朋友中最聪明、最稳重的，"来到我身边的红发女人说，"他梦想有一天在恩格然上演索福克勒斯。"

"您怎么知道井的位置？"我问塞尔哈特先生。

"找到水后，井就出了名。"戏剧爱好者塞尔哈特先生说，"小的时候，马哈茂德师傅喜欢给我们讲挖井的故事和古老的神话。"

"您还记得那些神话吗？"

"大部分记得。"

"请坐到我身边来，塞尔哈特先生，"我说，"也许待会儿吃完饭，您可以带我去看看那口井，快去快回。"

"当然……"

面前摆放着库吕普拉克酒，白奶酪，开胃菜，桌子另一端坐着红发女人，跟三十年前的那个夜晚何其相似。三十年来，我学会像父亲那样爱上拉克酒。我给坐在身旁的小伙子斟满酒杯，快速喝着，没向红发女人和年轻演员们瞥上一眼。

我随口问喜欢喝拉克酒的和善的塞尔哈特先生，小时候从马哈茂德师傅那里听来的故事中记得最清楚的是哪个。

"印象最深的，是关于武士鲁斯塔姆在不知情的情况下杀死自己儿子的故事。"敏锐的塞尔哈特先生说。

马哈茂德师傅从哪里听来的这个故事？对，他在我之前也去了黄色的帐篷剧场，但那部漏洞百出的戏几乎让人难以理解。应该是红发女人给他讲过。或许他还是个孩子的时候就知道了。

"您为什么记得鲁斯塔姆的故事？是因为害怕吗？"

"马哈茂德师傅又不是我的父亲，"头脑清晰的塞尔哈特先生说，"我为什么要害怕？"

"三十年前的夏天，我把马哈茂德先生当作了父亲……"我说，"父亲抛弃了我们。我打井的时候就把他认作父亲。您和您的父亲关系怎么样？"

"很疏远。"塞尔哈特先生目视前方说道。

难不成他想回到红发女人和演员伙伴们的身边吗，对于这个寡言的年轻人，是我管得太多？饭桌上大伙喝过酒兴高采烈。大厅里，喝着拉克酒的同乡聚会以及球赛后进入酒馆的男人们的喧嚣嘈杂不绝于耳。

"你是怎么认识马哈茂德师傅的？"

"他总是让街坊的孩子们围着他坐成一圈，听他讲故事。我是有一天偶然间去了他的家。说实话，第一次看到他残疾的肩膀我很害怕……"

"看过井以后，你能带我看看马哈茂德师傅的家吗？"

"当然……他们搬了几次家。有一些已经被拆了。我带您看哪个？"

"我曾对马哈茂德师傅的故事感到惧怕……"我说，"因为故事最终都应验了……"

"应验了是什么意思？"他问。

"故事里的事情后来都发生在了我身上。我还害怕马哈茂德师傅的井。终于有一天，过度恐慌的我把他丢下跑了。你知道这个故事吗？"

"我知道。"他说，没能直视我的眼睛。

"你是怎么知道的？"

"居尔吉汗女士的儿子恩维尔跟我讲的。他在这里做会计。马哈茂德师傅就像是他的父亲。他们曾经很亲密。"

年轻人脸上没有丝毫恶意的表情和狡黠的迹象。我感觉他对真相一无所知，沉默了一阵。我在脑海里感受着充满拉克酒和烟味的夜的深沉。

"这个恩维尔先生今晚来了吗？"良久，我突然问。

"什么？"塞尔哈特先生说。他突然惊奇地看着我，好像这是个不可思议，甚至鲁莽的问题。事实上，在推介会上，在饭桌的人群中，没有一个我想会是我儿子的人。

"恩维尔没来这里。"年轻人说,"他跟您说他要来吗?"

我没有回答,但年轻人已经感觉到我内心的不安。

"他不会来的。"他说。

"为什么?"

这一次,塞尔哈特没有作声。

41

我想了许久，为什么我的儿子不来这里。也就是说，他不喜欢他的父亲。我对他感到生气。与此同时，我也隐约察觉自己的气恼许是没有道理。我想见到儿子，另一面又想尽快离开恩格然，不要出什么意外。"塞尔哈特先生，趁着不太晚，您赶紧带我去看看我们的井吧。"我说。

"当然。"

"不要声张。您先出去。在坡下等我。五分钟后我去那里找您。"

他吞下最后一口食物，立刻走了出去。红发女人在桌子另一端打量着我。我又喝了几口拉克酒，吃了一片白奶酪，走出去，在黑暗的山坡下找到塞尔哈特。

我和我的向导在阴影、黑暗和回忆中默默穿行。我无法辨别我们爬的山坡伸向昔日平地的何处，也辨认不出井的方向。对此我本该解释为，时至今日这里每一处都被混凝土建筑、墙壁和仓库覆盖，但我却归咎于拉克酒作用下大脑的浑浑噩噩。大脑浑浑噩噩的原因当然是儿子不愿见我。

我们沿着一段黯淡的墙壁前行，从一座混凝土庭院和仓库前经过，庭院里的树木在霓虹灯下映得粉红。从一家打烊的理发店昏暗的橱窗里我看到自己和年轻向导的影子，发现我们俩身材相当。

"您什么时候认识恩维尔先生的？"我突然对我的向导，戏剧爱好者塞尔哈特发问。

"从记事起。我是恩格然本地人。"

"他是个什么样的人？"

"您为什么问这个？"

"我认识他的父亲图尔加伊先生，"我说，"三十年前，他们住在这里。"

"我认为，恩维尔的烦恼不在他的父亲，而在没有父亲。"机智的塞尔哈特先生说，"恩维尔是个易怒、内向、与众不同的人。"

"我也饱受没有父亲之苦，但我并不易怒、内向，更没有与众不同。"我带着拉克酒给予的睿智说。

"您当然与众不同，因为您是有钱人，"塞尔哈特应答如流，"或许恩维尔的困扰在于不像您一样富有。"

我沉默了一会儿。自作聪明的塞尔哈特是想通过这些话表达恩维尔没有钱，所以才有困扰吗？抑或他想说，恩维尔不喜欢像您一样生命中只想着赚钱的人，所以才没来参加今天的会？

我倾向第二种可能。地势的平坦让我猜我们已经慢慢接近打井的地方。我在人行道旁和空地上又看到了三十年前见过的荆棘和野草。突然间，我想与脖子皱皱巴巴的乌龟不期而遇，看着它，沉思时光和人生。乌龟会说："看，三十年里都发生了什么。对你来说荒诞的一生，于我而言则是甚至毫无察觉的片刻。"

红发女人对我们的儿子恩维尔讲过我父亲，也就是他爷爷是个因理想信念蹲过监狱的浪漫理想主义者吗？我的儿子把他的父亲想象成比爷爷还糟糕、肤浅的人，这种可能让我内心煎熬。我对把我置于此种精神境地的自以为是的塞尔哈特先生生起气来，而就在那时，我重新回想起路上的这条转弯。"是了，"

我连忙说，"这是到达我们的井之前最后一处转弯。"

"真的吗？"专注的塞尔哈特说，"太巧了。马哈茂德师傅有段时间住的房子就在那里。"

"哪里？"

他用影影绰绰的手指向黑暗中根本无法看清的一间仓库、工厂和若干房屋。我也发现了当年我躺在下面睡午觉的核桃树。三十年间它长大了，但在一座工厂的院墙内。此时，就在我注目的方向，一间从前的老房屋中亮起昏暗的灯。

"马哈茂德师傅在这里住了很久，"塞尔哈特说，"恩维尔和他母亲居尔吉汗女士过节会来这里。我就是在马哈茂德师傅的这个院子里认识了恩维尔。"

年轻人再次把话题引向恩维尔让我心生疑惑，然而我的大脑还无法相信三十年前我来到的这片空旷、荒凉的土地已变为混凝土和墙壁，以及这里生活着如此众多的人和动物（此时，一只土黄色的狗带着恐吓的架势走过来嗅了嗅我们），为了能够尽快接受现实，把这当作寻常事，我特别做了一番努力。我还能否看到带给我三十年前回忆的一个石子，一扇窗，还能否闻到一丝熟悉的气味？

"马哈茂德师傅就是在这个屋子里给我们讲了《古兰经》

里的故事，王子把父亲遗弃在井里等死。"执着的塞尔哈特说。

"不论是《古兰经》还是《列王纪》都没有这样一个故事。"我说。

"您知道什么？"塞尔哈特说，"您是信徒吗，您读《古兰经》吗？"

从年轻人攻击性的口吻中，我明白他深受我儿子恩维尔的影响，便住了嘴。我的心碎了，我早料到来这里是危险的。"我喜欢马哈茂德师傅。那年夏天在这里，他对我来说就像一位父亲。"

"如果您愿意，我可以带您看看恩维尔的家。"我的向导说。

"近吗？"

塞尔哈特闪入一条侧街，我紧随其后：经过了门前没有一丝灯光的公寓，左右两侧随意停靠的卡车和小巴车，一家小急诊所和药店，一座车库和库房，库房门口坐着阴沉着脸抽烟的看门人。我惊叹于所有这一切居然密密匝匝地塞进我们的平地。

"这里是恩维尔的家，"塞尔哈特说，"二层，左边的窗户。"

我的心脏奇怪而轻微地搏动了几下。我感觉到内心无法停止对儿子的渴望和跟他交朋友的冲动。

"恩维尔先生的房间亮着灯，"我带着醉酒的惬意说，"我们去敲敲门吧？"

"亮灯并不代表他在家，"心思缜密的塞尔哈特说，"恩维尔在生活中选择了独处。夜晚上街的时候他都会留灯，既为了让窃贼和不安好心的人以为家里有人，也为回到家不至于想起自己是多么孤独。"

"显然，您很了解您的朋友。恩维尔看到您在他面前，不会吃惊。"

"恩维尔会怎么做可不好说。"

我是否该把这句话理解为我儿子天不怕地不怕，并为此感到骄傲？我向大门走去。"况且，干吗让他孤零零的呢？"我说，"既然有那么爱他的一个母亲，有像您这样亲近的朋友……"

"不，他跟谁都不亲近……"

"因为没有父亲陪伴他长大？"

"有可能，不过敲门之前您还是再想想……"我儿子谨慎的朋友说。我并未理会，而是迅速地看着门铃上笔迹和大小各不相同的名字，突然间我怔住了，仿佛被施了魔法。

247

6：恩维尔·耶尼耶尔

（自由会计师）

我按了三下门铃。

"恩维尔的大门从来都对半夜三更的不速之客敞开。"塞尔哈特说，"如果他在家，会开门的。"

然而，门没有开。我想我的儿子是在家的，他知道我为看他而来，却倔强地不肯开门，我既对他，也对含沙射影的塞尔哈特感到气恼。

"您为什么这么想见恩维尔先生？"煽风点火又好奇的塞尔哈特问。很可能有什么传言传进他的耳朵里。

"带我去看那口井吧，我要尽快回家。"我说。脑子里想，改天再人不知鬼不觉地来这里看我儿子。

"如果你在成长的过程中没有父亲的陪伴，就无法明白世界有一个中心和边界，你会认为什么事都可以做……"塞尔哈特说，"不过，一段时间之后，你会不知道该做些什么，你会努力在世界寻找一种意义，一个中心，开始寻找一个能对你说不的人。"

我没有回答，感觉井越来越近，而我已来到寻觅多年的终点。

42

"您的井就在这里面。"塞尔哈特说着，认真地看向我的脸。我们站在一家工厂生锈的铁门前。

"哈伊利先生死后，他的儿子将洗染坊连同纺织作坊一起迁至孟加拉，这里的生产就完全搁置了。五年来，他们把这里当作仓库，不过当然也会有跟您这样的开发商谈条件盖公寓楼的想法。"

"我来这里不是为了新建项目，是为自己的回忆。"我说。

塞尔哈特朝门房走去，我立刻看向没有粉刷的墙壁上的树脂玻璃板——上面写着阿兹姆纺织商贸有限公司——和引起我注意的每样东西，努力地回忆三十年前这里的样子。能够证明这里是哈伊利先生的地盘的唯一证据，是厂墙的无限延伸以及天空近在咫尺的感觉，就像我十六岁那年感受到的那样。

我听到一只狗愤怒地狂吠。塞尔哈特走了回来。

"看门的是熟人，不过那里一个人都没有。"他说，"狗的链子没松，他应该很快就来。"

"现在很晚了。"

"那边有处矮墙来着，我去看看。"说着塞尔哈特消失在黑暗中。

墙的另一侧并非漆黑一片，尽管有狗固执地狂吠，照在后面房顶和柱子上的霓虹灯却让我感到踏实，我想，看完井立马往回返。然而，塞尔哈特没了动静。我正因年轻向导的耽搁而不耐烦起来，口袋里的手机响了，是艾谢。

"你在恩格然，"她说，"公司里的人说的。"

"是的。"

"你骗了我，杰姆，伤了我的心。你正在犯一个可怕的错误。"

"没什么可害怕的。一切都很顺利。"

"要害怕的事情太多了。你现在在哪儿？"

"和我的年轻向导来看看跟马哈茂德师傅一起挖的井。"

"他是谁？"

"我的向导是恩格然本地的一个年轻人，自命不凡，不过很愿意帮忙。"

"谁给你找的？"

"红发女人。"我说，猛然间从拉克酒的作用下清醒过来。

"有谁在你身边吗？"艾谢在电话里耳语般说。

"谁，红发女人？"

"不是，她给你介绍的年轻人在没在你身边？"

"没有，他去找墙上有没有入口。他要把我弄进废弃的工厂。"

"杰姆，赶紧回来！"

"为什么？"

"离那个孩子远点。别让他找到你。"

"你为什么这么害怕？"我说，但自己也被电话那头的恐惧传染。

"我们这么多年都在读哪些故事？"艾谢说，"当然你是为了见你儿子去恩格然。所以你才不想让我跟来。谁给你介绍的那个向导？是红发女人！现在你明白他是谁了吧？"

"谁？塞尔哈特？"

"他极有可能是你的儿子恩维尔！离开那里，杰姆。"

"冷静点。这里的人很好相处，不怎么提马哈茂德师傅。"

"你仔细听我讲，"艾谢说，"倘若现在他们借政治由头找个人捅你一刀，或者某个佯装醉酒的人稀里糊涂揍你一顿，会怎么样？"

"会死掉。"我说着笑了起来。

"那时，苏赫拉布，整个公司都是红发女人和他儿子的了。"艾谢说，"而且这些人会毫不手软地置人于死地。"

"今天晚上谁会为了遗产杀死我？"我问，"谁都不知道我会来这里，连我自己都不知道。"

"那个年轻人在你身边吗？"

"我说了，没有！"

"我求你了。你马上躲到一个他找不到你的地方。"

我按照妻子说的做了，走到对面角落一家店铺幽暗的走廊里。

"现在听我说，"艾谢说，"这么多年，我们读俄狄浦斯和他的父亲，鲁斯塔姆和苏赫拉布的故事时思考的东西如果正确的话……倘若那个年轻人是你的儿子，他就会杀死你！因为他是个反叛的、西化的个人主义者……"

"如果他企图这么做，我就会成为鲁斯塔姆那样专横的亚洲父亲，先于这个逆子杀掉他。"我笑着说。

"当然，你绝对不会这么做的，"艾谢说，她把丈夫的醉话当真了，"待在原地别动。我马上开车过来。"

恩格然漆黑荒凉的夜里，古籍、传说、绘画和古老文明之光是如此遥远，我无法理解妻子的恐慌。不过我待在原地一动不动。过了一会儿，我的向导塞尔哈特还是没有任何动静，我开始感到害怕。塞尔哈特真的会是我儿子吗？寂静在蔓延，我对把自己丢在这里的年轻人感到气恼。

"杰姆先生，杰姆先生！"终于他从墙的另一侧喊道。

我突然心慌意乱，不发一声。年轻人继续喊。

不多时，年轻人出现在墙的另一端——他刚刚消失的地方。他开始缓缓向我靠近。是的，他跟我身高相仿，而且走路的神态，摆动手臂的样子都有我父亲的影子。这让我害怕。

来到丢下我的地方，他又喊了两声："杰姆先生！"

看不到他的脸，我特别想再近近地端详他。多年后，对一个年轻人感到惧怕而躲藏，只因他是我孩子，有如梦中一般。最后我相信了口袋里的枪，走出去，来到他的身旁。

"您刚刚在哪儿呢？"他说，"如果您想进去就跟着我。"

他转身开始沿着墙走。街道变得更加漆黑。年轻人要把我带到一处幽暗没人的地方掐死我的猜想冒了出来。如果能够在近处仔细地看看他的脸多好！我循着他的脚步声向黑暗中前进。

来到墙的低凹处，塞尔哈特倏然像只猫似的跳过去，消失不见了。紧接着，黑暗中我抓住他潮热的手（我忽然想，这会是我儿子的手吗）翻过墙。荒废的工厂里，看门狗扯着链条，疯一般狂吠。

我视若无睹地走在工厂的建筑物当中，因为我已下定决心，倘若链条断开就对它开枪。哈伊利先生和他穿着新球鞋的儿子，找到水后在这里建起比他们设想中更大的洗染坊。最近十年，在纺织业向中国、孟加拉国以及远东地区转移之前，这里还盖了其他一些潦草建筑。包括有大理石台阶的行政办公楼在内的这些地方现在都荒废了，被当作一个个仓库，放置没用的旧材料、空箱子和布满灰尘、锈迹斑斑的东西。有些已成为废墟。

我们的井位于工人食堂里。哈伊利先生每次到来都提到终有一天要建成它。这栋建筑的玻璃破碎，连当仓库都不够格。借着墙外一栋建筑若隐若现的霓虹灯光线，我跟随我的向导从蜘蛛网、锈铁、管子和影影绰绰的物体中穿过，来到我们的混凝土井口。

"这个锁其实是坏的。"我的向导说。随后他俯身开始摆弄井盖上的锁，盖子搭在混凝土井口之上，以环连接。

"你对这里很熟悉。"我说。

"恩维尔经常带我来。"

"为什么？"

"我不知道，"他说，仍旧摆弄着锁，"您为什么想来这里？"

"我从来没有忘记和马哈茂德师傅一起在这里干过活。"

"您要相信，他也从来没忘过。"

这是在暗示我让马哈茂德师傅残疾的事吗？

我的年轻向导站起身，以便能够用上力气更好地摆弄锁，这时一束强烈的光打在他的脸上。我仔细地看着他的脸，难道这就是我的儿子吗？我内心有种如饥似渴，欲开枝散叶般的情感。

然而我的希望落空了。是的，也许这个年轻人的脸部线条和表情，正如他的个头和体型一样，跟我相像，但我不喜欢他的性格和前人所谓个性的东西。艾谢误会了。这个人不可能是我的儿子。

聪明的向导也立刻感觉到出于某种原因我对他没有好感。一阵沉默。现在他也充满敌意地看着我。

"我来看看这个锁。"我在微暗中蹲下，试图强行把锁打开。

43

开锁的屈膝动作，一瞬间减轻了我良知中迅速膨胀的罪恶。我为什么要来这里？锁突然开了。

我起身，把从环上摘下的锁递给年轻人。"把盖子打开瞧瞧。"我说，像一个让一个农民展示自家后院拜占庭时期的水井的德国游客。我的向导傲慢自大，这对我的触动不亚于失望。

他尝试了几次但没能打开生锈的铁盖。看着他又忙活了一阵，我忍不住和他一起抓住盖子。两人同时一拽，井盖如同拜占庭时期千年地牢的大门吱吱扭扭地开了。

远处霓虹灯惨淡的光线中，我看到一个蜘蛛网，还发现一只惊慌的蜥蜴闪烁发光。一股强烈的霉味刺激着我的鼻腔，"地心游记"几个字从记忆深处冒了出来。

井底如此之深，目力不及。但一会儿工夫，眼睛就适应了黑暗。我看到井底有反射光线的积水，或是泥淖。井底那样的深，让人毛骨悚然。

我和塞尔哈特带着敬畏默默地看向井底。不光是井深让人畏惧，人们对于用锹和镐打井的人也同样敬佩。三十年前在井下训斥我的马哈茂德师傅的形象浮现在眼前。

"我头晕。"我的年轻向导说，"人会掉进去的。这种深度对人有引力。"

"不知为什么，我想到了真主。"我对突然间令我感到亲近的年轻人倾诉秘密般小声说道，"马哈茂德师傅不是这样一个每天做五次礼拜的人。不过三十年前，我以为我们挖井不是朝着地下，而是奔向天空星辰之畔，奔向真主和天使所在的那层。"

"真主无处不在。"自命不凡的塞尔哈特说，"既在上，也在下，既在北，又在南。存在于每个地方。"

"对，是这样。"

"既然如此，你为什么不相信'他'？"

"谁？"

"安拉，"他说，"造就万物的真主。"

"你怎么知道我不相信真主？"

"一切都不言自明……"

我们沉默了片刻，打量着彼此。从眼前年轻人的愤怒中，我感觉到他真的可能是我儿子。我的儿子是个有个性、有脾气的人，这点让我欣喜。但我们正好身处井边，他的愤怒让我感到恐惧。

"欧化的土耳其富人以'我和真主的关系，你管得着吗'为借口维护世俗主义，"塞尔哈特继续说，"然而事实上，他们不过是以现代性做挡箭牌，心安理得地做突发奇想的任何坏事，跟真主压根没有任何关系。"

"你和现代人有什么过不去？"

"实际上我没有跟任何人以及任何事过不去！"他冷静下来，"我不以敌人以及右派、左派、宗教分子、现代分子等对立面来定义自己。因为想成为自己，所以我离群索居地写诗。刚刚门铃响了，我正在写诗，所以没去开。"

我完全不明白他在说什么。不过我想，来自书本的探讨会平息他的怒火。"你觉得现代性是件坏事？"我带着醉意的天真问他。

"现代人是消失在城市森林的人。这就相当于没有父亲。
实际上寻找父亲也是徒劳的。如果人是一个现代的个体,他
将无法在城市喧嚣中找到父亲。倘若找到了,那他将不再是
个体。现代性的缔造者法国人让 - 雅克·卢梭深谙此理,所以
他刻意抛弃了四个子女,不对他们尽父亲的责任,以让其变得
现代。卢梭甚至不关心他的孩子们,一次都没有找过他们。你
也是想让我变得现代才抛弃了我?如果真是这样,那么你是
对的。"

"什么?"

"你为什么没有给我回信?"他向我逼近。

"哪封信?"

"你很清楚我在说什么。"

"请原谅,我喝了拉克酒,想不起来了。既然你记得,不
妨说说看,我们还是回到饭桌上吧。"

"为什么没有回复我以你儿子名义寄给你的信?我在下面
还写了电子邮箱地址。"

"您说您以谁的名义?"

"没必要装傻称呼您啊,"塞尔哈特说,"你早就明白我是

谁了。"

"我不明白，塞尔哈特先生。"

"我的名字不是什么塞尔哈特。我是你的儿子恩维尔。"

很久，我们没有说话。工厂门口的狗不知为何不叫了，四周一片沉寂。我忽然想起多年前，父亲抛弃我们一段时间后，偶尔我会一下子忘记他的脸。这种感觉就像瞬间断了电或是突然变成瞎子。

我看向他的脸时，恩维尔也看着我的脸，他正试图了解我在想什么。一种失望慢慢在心里升起。我早已明白，自己无法像土耳其电影里演的那样拥抱他，喊着"我的儿子！"。

"这么说，真正装傻的人是你，"我最终开口，"我的儿子恩维尔干吗要装成塞尔哈特？"

"看看他会不会喜欢自己的父亲……看看他是否为你热血沸腾。父亲的身份，对我来说是非常重要的东西。"

"对你来说，父亲是什么？"

"父亲是那个置子于母亲腹中后，能够终其一生保护他、接纳他、强大而慈爱的人。他是世界的开端和中心。如果你相信你有一个父亲，即使看不到他也会感觉良好，你知道他就在那里，他会来以慈爱保护你。我就没有这样一个父亲。"

"很遗憾，我也没有这样一个父亲。"我冷静地说，"不过，即使有，他也会期待我服从他，用他的力量和慈爱碾压我的个性。"

恩维尔睁大眼睛，他明白他的父亲曾经想过这些问题。现在我很高兴看到他恭敬而用心地听我在说。

"那么，如果服从父亲，我会成为一个幸福的人吗？"我大声地继续发问，"或许，我会是个好儿子，但不会成为一个好的个体。"

他粗鲁地打断我的思路。"正因为这种对成为个体的好奇和盲目，我们那些欧派的富人别说是个体，连自己都不是。"他说，"欧派的土耳其富人不相信真主，因为他们自以为是。他们的个性至关重要。大多数人不相信真主是为了证明自己与众不同。另一方面，他们甚至不能这样说。但事实是，信仰是让你变得和其他人一样的东西。宗教是谦逊者的天堂和抚慰。"

"我同意。"

"你是说你相信真主。这对于欧派土耳其富人来说是个难事。"

"是的。"

"如果你真的读《古兰经》，相信真主的话，为什么把马哈茂德师傅丢在这深不见底的井里。你怎么能那样做？相信真主的人是有良知的。"

　　"对此我想过很多。那时我是个孩子。"

　　"哟。那时你就跟女人们上床搞大她们的肚子了。"

　　他的对答如流顿时让我瞠目结舌。"你什么都知道。"我自言自语道。

　　"对，马哈茂德师傅什么都对我讲了，"恩维尔充满敌意，"因为你的傲慢自大，因为你把自己更当个人，所以把他抛弃井底。你的学业、大学、人生比那个穷人的人生更重要。"

　　"对每个人来说都是如此。"

　　"对某些人来说不是。"

　　"你说得对。"我说着，离开井口。

　　一阵长久的沉默。狗又开始叫了起来。

　　"你怕了吗？"我的儿子问。

　　"怕什么？"

　　"怕掉进井里。"

　　"不知道，"我说，"饭桌上的人可能会担心。我们该回去了……这种无礼的对话不是我对一个儿子的期待。"

"亲爱的父亲，我应该怎样跟您说话？"他带着嘲讽的语气说，"如果我是个顺从的儿子，就无法成为一个欧派的个体。如果我是个欧派的个体，那么就无法成为一个顺从的儿子。请您帮帮我。"

"我的儿子既是个先进的个体，同时也按照自己的意愿顺从父亲，"我说，"我们个性的力量不仅仅来自我们的自由，也同样来自历史和记忆。这口井对我来说就是一段真实的历史，一种真实的记忆。谢谢你带我来这里，恩维尔先生。不过，谈话到此为止。"

"你为什么想回去？你害怕了？"

"我有什么可怕的！"

"现在你不是怕失足落井，而是害怕我一下子抓住你扔下去。"他盯着我的眼睛说。

我也注视着他。"你为什么要对父亲做这样的事？"过了一会儿，我说。

"为了给马哈茂德师傅报仇……"他开始细数，"为了你抛弃我。为了你诱骗我已婚的母亲。为了这么多年之后你甚至不给你的儿子回信……为了如你所愿成为一个个体。当然也为了你的遗产能够留给我……"

他的理由清单之长令我心惊肉跳。我想震慑一下这个是我儿子的人。"那样的话他们会让你在法庭上俯首，在牢房里腐烂。"我小心翼翼地，好心地警告他，"你的余生将在监牢里等待探视你的母亲中度过。另外，弑父或反抗政府在欧洲是荣耀之事，在这里不是。那时，除了你的母亲，没人会喜欢你。况且，政府也会剥夺杀父凶手的财产继承权。"

"人要是考虑后果就做不了这种事，"我的儿子说，"如果你考虑后果，就无法自由。自由，是忘记历史和道德。你读过尼采吗？"

我决定沉默。

"此外，如果我现在抓住你的胳膊扔到井里……并且如果我说你是失足掉进去的话，谁也无法证实真相。"

"你说得对。"

"我生你气的时候，心里有种想弄瞎你的想法，"我的儿子小心翼翼地补充道，"一个父亲最令人无法忍受的一点就是总看到你！"

"父亲的目光应该是一种美好的事物！"

"如果他是一个真正的父亲的话！一个真正的父亲应该公平。你甚至不是个真正的父亲。我有种先弄瞎你双眼的念头。"

"为什么？"

"我是诗人，工作就是玩弄辞藻。不过我知道，真正的思想并非出自辞藻，而是画面。无法用词汇思考的真正思想，只有作为一幅画面方能呈现在我眼前。只有现在弄瞎你，我才会如你所愿成为一个个体。你知道为什么吗？因为那时我会成为我自己，并写下自己的语言，讲自己的传奇。"

他的敌意和针对我的傲慢自大令我心痛。我应该拥抱他，应该像个真正的父亲那样亲吻他。然而陷入失望和懊悔的我却口不择言。

"你也不是个真正的儿子，"我说，"你过于愤怒也过于顺从了。"

"我的顺从是什么，拿出证据！"

他暴跳如雷，吓得我倒退一步。他则步步逼近。

那一刻我又犯了一个错误，从夹克衫的口袋里掏出克勒克卡莱手枪，半开玩笑半严肃地让他看到我打开了保险。

"儿子，站在那里别动。别逼我，你瞧，它会走火的！"我说。

"你都不会用它。"说着，他扑到我身上，试图从我手里夺过克勒克卡莱手枪。

半黑暗中，我们倒在散发着霉味儿的井边，父子俩开始在地上扭打。先是他骑在上面，然后是我，然后是他，为了夺枪，他抓住我的手开始向混凝土井壁上撞击。

第三部

红发女人

三十几年前，也就是 20 世纪 80 年代上半期，我们在一座小城市演出。一晚，剧团和地方政治团体的一群人在一起吃吃喝喝，长桌的另一端是个跟我一样红头发的女人。一时间，所有的人都开始讨论起两个红发女人同坐一桌的巧合。他们问着诸如概率是几分之几，是否会带来好运，预示着什么的问题。

"我头发的颜色是天生的。"桌子那头的红发女人说，既像是抱歉，又带着得意，"你们看，就像天生红头发的人一样，我的脸上，胳膊上都有雀斑。我的肤色白，眼睛也是绿的。"

所有人转向我，看我如何作答。

"您头发的红色是天生的，而我的红色出于自己的决定。"我立刻回复道。

我并不总是这样对答如流，但这个问题我已经考虑了很久："对您来说这是天赐禀赋，是与生俱来的命运，对我而言则是自主意识的选择。"

我没有继续下去，以免在座各位认为我傲慢自大。因为，甚至已经有人开始嘲讽和愚蠢地发笑。倘若不回答，沉默就将意味着我甘拜下风："是的，我的头发是染的。"那样他们既会误解我的性格，还会认为我是个胸无大志的模仿者。

对我们这种红头发的后来者来说，头发的颜色意味着被选择的个性。一次染成红色后，我终生都致力于此。

二十五岁上下，我还是个现代的广场戏[1]表演者，一个激愤但快乐的左派，而非从古老神话和传说故事中挖掘警世意义的舞台剧演员。持续三年的地下恋情，最终以年长我十岁的情人的离弃而终结。他是个有妇之夫，一个英俊的革命分子。然而我们在一起激昂地读书时，多么浪漫，多么幸福！事实上，我既生他的气，也理解他。因为我们的地下恋情曝光，组织里

---

[1] 广场戏：过去在土耳其街头、广场有群众围观下表演的一种民间戏剧艺术。

认识我们的每个人都对我们的事指手画脚。他们说这会引起妒忌，结果对大家都不好。与此同时，1980年发生了军事政变。一些人转入地下，一些坐船去了希腊，又从那里逃往德国成为政治流亡者，一些进了监狱遭受酷刑。大我十岁的情人阿肯也在这一年回到了妻子和孩子的身边，回到他的药店。而我讨厌的图尔汗——因为他看上了我，还诋毁我爱的人——则了解我的痛苦，并且对我非常好。于是我们结婚了，认为这样对"革命者家园"来说也是好事。

不过跟另一个男人谈过恋爱这件事成为我丈夫的心结。他认为自己因此才会在年轻人中没有威信，但却无法指责我"轻浮"。他并非像我已婚的情人阿肯那样是个迅速坠入爱河又轻易忘却的人。因此，他开始难以装作若无其事。他想象有人在背后说他的坏话，对他奚落挖苦。不久之后，他指责"革命者家园"的同伴不作为，跑去马拉蒂亚组织武装斗争。我就不讲他在那里试图唤醒的同胞们是如何揭发这个闹事者，以及我丈夫是如何被宪兵堵在溪边挨打的。

短短时间内，生命中这第二次重大失去让我对政治更加冷淡。有时想着，不如回自己的家，回到退休的省长父亲和母亲身边，却下不了决心。回家，就不得不承认失败，也不得不远离戏剧。找个能让我加入的剧团已非易事。与普遍观点相反，我想演戏不是为了政治，而是为了戏剧。

我留了下来，于是，正如奥斯曼时期赴前线与伊朗作战有去无回的骑士们的妻子们，没过多久我嫁给了图尔汗的弟弟。事实上，与图尔加伊结婚，鼓动他成立流动民间剧团是我的主意。就这样，我们的婚姻一开始出乎预料地幸福。继两个失去的男人之后，图尔加伊的年轻、孩子气、牢靠似乎成为一种保障。冬天，我们在伊斯坦布尔、安卡拉等大城市的左派协会的大厅，在无法称之为戏剧舞台的会议室里演出，夏天就去朋友邀请的镇子、度假城市、军队驻地和新建的车间及工厂周边支帐篷。在饭桌上同时出现我们两个红发女人，是这岁月的第三个年头。这之前的一年，我才把头发染成红色。

事实上，做出这个决定并非出于我身材高挑的考虑。"我想给头发彻底换个颜色。"那天，我对巴克尔柯伊的中年社区理发师说，但脑子里连颜色也没想好。

"您的头发是棕色，染黄色适合您。"

"把我的头发染成红色，"我临时起意，"这样会很好。"

我染了一种介于消防车的颜色和橙色之间的红色。非常醒目，不过包括我丈夫图尔加伊在内，身边没有一个人反对。或许他们想，这是为即将演出的一部新剧做准备。我还注意到，他们把红色头发诠释为我从接二连三的不幸感情中一路走来的结果。那时，他们对我很宽容："她做什么都不为过。"

从他们的反应中，我渐渐明白自己的行为意味着什么：原版和模仿是土耳其人热衷的话题。自打酒桌上另一个红发女人傲慢的否定之后，我不再去理发店用人造染料，开始从市场亲手称重购买指甲草自己染发。这就是跟天生红发女人相遇的结果。

我特别留意来剧场帐篷的高中生和大学生，率真敏锐的年轻人和饱受孤独的士兵，对于他们的敏感和幻想诚挚地敞开心扉。他们比成年男人能更快区分颜色的色度，假与真，真情实意与胡话连篇。假使我没有用亲手调制的指甲草染料染我的头发，或许杰姆也不会发现我。

他注意到我，于是我也注意到他。我喜欢看他，因为他太像他的父亲。紧接着，我发现他迷上了我，还观察我们住的房间窗户。他很腼腆，我可能是被这一点所感动。不知羞耻的男人让我害怕。我们这里有很多这样的人。无耻是能够传染的，因此在这个国家我时常感觉仿佛要窒息。大多数人希望你也能不知廉耻。杰姆斯文、腼腆。他来剧场看戏的那天，走在车站广场上，他一说出自己的身份，我就明白了他是谁。

我错愕不已，不过似乎潜意识里我早已知道他是谁。我从戏剧中学到，在生活中被当作偶然所忽略的东西其实都有某种意义。我的儿子和他父亲都想成为作家并非简单的偶然。三十年后，在这里，在恩格然，和我儿子的父亲相遇并非偶然。我的儿子也跟他父亲一样饱受没有父亲的痛苦并非偶然。我在戏剧舞台上哭泣多年后成为在生活中锥心痛哭的女人并非偶然。

1980 年军事政变后，我们的民间剧团也转变态度，为避免陷入麻烦，淡化了左翼色彩。为吸引人们进帐篷，我从《玛斯纳维》[1]，古老的苏非派故事和传说，《霍斯鲁与西琳》《凯莱姆与阿斯勒》[2] 中截取感人场景和对话用作我的小段独白。不过我们取得的最大成功，是改编自鲁斯塔姆和苏赫拉布故事里热泪盈眶的老妇人的独白。这是为土耳其电影写悲情剧的一位剧作家老朋友的建议，他说："不论何时都受欢迎而且抓人心。"

在模仿电视广告用来插科打诨的表演过后，所有惊叹于我舞动的肚皮、短裙和长腿从而振奋起精神，说着下流话，或立刻爱上我，或陷入性幻想的那些无耻的男人（甚至包括那些叫

---

[1]《玛斯纳维》：伊斯兰教苏非主义哲理训言长篇叙事诗集。
[2]《凯莱姆与阿斯勒》：著名的土耳其民间爱情传说。

嚷着"打开，打开"的最肮脏的人在内），每当我在舞台上发出苏赫拉布的母亲塔赫米娜看到丈夫杀死儿子时的尖叫，顿时陷入一片深沉可怖的寂静。

就在此时，我先是幽咽地，紧接着开始撕心裂肺地恸哭。哭泣时，我能够感受到自己在人群中的力量，我为把自己全部生命奉献给表演感到幸福。舞台上我穿着开衩的红色长裙，戴着老式珠宝，腰上束着军用宽腰带，手腕上戴着那个年代的手链。当我在舞台上带着母亲的悲痛哭泣时，深刻感受到在座的男人们内心的颤抖，眼睛的湿润和罪恶感的沦陷。从打斗伊始鲁斯塔姆抓住儿子的动作里我便明白，大多数年轻、愤怒的乡下佬不知不觉中将自己置于苏赫拉布，而非强壮、专横的鲁斯塔姆的位置，直觉告诉我，他们其实在为自己的死流泪。不过为了让他们能够为自己而哭，首先需要他们的红头发母亲在舞台上毫不遮掩地哭泣。

我也目睹，在经历所有这些深刻的痛楚时，相当一部分崇拜者的眼睛盯在我的嘴唇、脖子、乳房、双腿，当然还有我的红色头发上，哲学的痛苦与性的欲望正如古老神话中那样彼此交织。看到自己成功地通过每一次转动脖颈，每一个全身跃动的步伐和每一个眼神，既向观众们的理智和情感，又向他们年轻的肉体呐喊，这样的时刻是美妙的，但我不能常常经历这样的时刻。有时，一个年轻男子大声哭泣传染了其他人。彼时，一人鼓起掌来，我的声音含糊不清，双方争执起来。有几次我看到帐篷里人群的疯狂，放声号哭者与暗自涕零者，鼓掌者与咒骂者，起身叫喊者与默默端坐观看者相互攻击。大多时候我喜欢并渴望这种兴奋和激情，但又惧怕群体的暴力。

　　不久，我找到另一个剧目，可以与塔赫米娜哭泣的一幕相媲美。先知易卜拉欣，为向真主证明自己的忠诚准备割儿子喉咙时，我既扮演了在远处默默哭泣的女人，又扮演了手拿玩具羊而来的天使。不过这个故事里没有女人的位置，我没能感染观众。之后，我重新改写了俄狄浦斯的母亲伊俄卡斯忒的话用作独白……儿子误杀父亲的故事不会激发太多热情，但作为一种观念而引发关注。或许，如此足矣。倘若我从未讲述后来儿子与红发母亲同床共枕就好了。今天我可以说，这带来了厄运。图尔加伊警告过我。然而，不管是他，还是彩排中问"大姐，这是什么呀？"的送茶人，抑或暗讽"我不喜欢这个"的主管优素福，我都充耳不闻。

　　1986 年在居杜尔镇，红头发的我扮演了俄狄浦斯的母亲伊俄卡斯忒，独白中讲述了在不知情的情况下与儿子上床，我发自肺腑地哭泣。第一天，我们接到恐吓，第二天半夜，剧场帐篷烧了起来，我们立刻赶到那里好不容易把火扑灭。一个月后，在萨姆松海边的贫民区附近搭的帐篷，就在我演绎俄狄浦斯母亲的独白后第二天早上，便遭遇了孩子们雨点般的石子攻击。在埃尔祖鲁姆，慑于愤怒的民族主义青年们对"希腊剧"的指责和威胁，我没能踏出旅馆半步，帐篷则有勇敢正直的警察们保护。我们正思忖，或许乡下人对直白的艺术还没做好准备时，在安卡拉的进步爱国者协会里散发着咖啡和拉克酒味的小舞台上，我们的剧上演还不过三次，便以"违背人民羞涩和质朴的情感"为由被叫停。在我们的国家男人们彼此最常说"操你妈"这样的脏话，检察官的判决不可谓不合理。

二十五岁左右，我还爱着我儿子的爷爷阿肯时，跟他探讨过这些话题。我的情人半诧异、半难为情地回忆并笑着对我重复男人们在初中、高中、军队里学到的我从不知晓的脏话，说声"恶心！"，继而展开"女人受压迫"的大话题，说到达工人阶级的天堂，所有这些肮脏就都会结束。我应该耐心，为革命支持男人们。不过，千万不要以为我会进入土耳其左派有关男女不平等的话题。我结尾的独白不仅仅是愤怒，同时也应当是诗意的和优雅的。我希望我儿子的书里也能有这样一种气质，人们在书中也能感受到在舞台上看我表演时的这种情感。是我建议我的恩维尔写一本书，把我们的经历编成故事，从他的父亲、爷爷开始讲起。

事实上，为了不让我的恩维尔丧失掉内心的善良和人性，不学习男人的丑恶，我想过小学阶段不送他去学校，自己在家教育。图尔加伊对我的这些幻想不屑一顾。我们的儿子开始在巴克尔柯伊上小学后，我和图尔加伊就放弃了戏剧，在迅速普及的译制片中做起配音。那些年我们去恩格然的理由是瑟勒·西亚赫奥卢。即使左翼的、社会主义的热情褪去，我们仍旧跟老朋友见面。很多年后，他让我们在恩格然再次见到了马哈茂德师傅。

我们的儿子恩维尔喜欢听挖井人马哈茂德师傅的故事。我们一起去拜访他，他家后院有一口非常漂亮的井。马哈茂德师傅靠着在第一口井里找到水后如雨后春笋般崛起的建设中挖井发迹，他早年间买的地皮迅速涨价，因此过得很宽裕。恩格然人给他介绍了一位带着一个孩子的漂亮寡妇，她的丈夫去了德国再没回来。马哈茂德师傅接受了这个孩子，作为父亲尽职尽责。恩维尔和这个孩子——名叫萨利赫——成了好朋友。我费尽心思想让萨利赫喜欢上戏剧，却没能成功。不过我的年轻剧团成员大多都是我从恩维尔的朋友，恩格然的青少年中挑选的。因为恩维尔，我得以时常踏足恩格然。戏剧的热情是可以传染的。这些孩子大多在马哈茂德师傅家里出入。马哈茂德师傅在散发着金银花气味的自家院子里也挖了一口井。为避免院子里玩耍的孩子们掉下去，他在铁制井盖上加了挂锁。但我还是会走到二层小楼的阳台，看着后花园对孩子们喊道："别靠近井！"因为古老神话和传说中的事情最终会在你们身上应验。你读得越多，对那些传说越是笃信，它就越是灵验。事实上，因为你听到的故事会在你身上应验，所以才称之为传说。

是我带头把马哈茂德师傅从井里弄了上来。前一晚，我的高中生情人在喝了一杯库吕普拉克酒，笨拙地跟我做爱让我怀孕后（我们俩谁都万万没想到会这样）向我倾诉了一切（用他的话说）。说他的师傅十分为难自己，他想回家，回到母亲身边，他不相信井里能出水，他留在恩格然不是为了打井，而是为了我。

第二天中午，在车站广场看到他手里提着小行李箱、惊慌地跑向火车时，我脑子乱极了。来帐篷看我演出的一些男人不仅仅是爱上我（短暂的一段时间），更被极端的嫉妒迷了心窍。

我哀叹，很可能再也见不到杰姆了。他很少对我提到他的父亲，或许打那天起他已经察觉到了什么。我们也将坐下一班火车离开，但我不明白杰姆为何突然像罪犯般仓皇地逃离恩格然。车站的人群中有手里提着篮子前来赶集的农民和孩子。之前一天的晚上，图尔加伊在学徒阿里的帮助下找到马哈茂德师傅并把他带来看戏。马哈茂德师傅来到帐篷静静地观看演出，彬彬有礼。我们的人也知道阿里不再是学徒，雇主也停了工钱。我们感到奇怪，派图尔加伊去了上面的平地，火车也错过了。然后，就像古老神话中讲的，我们一起去了井边，向下看，之后被我们放下井的阿里把半昏厥的马哈茂德师傅弄了上来。

他们把师傅送进医院。后来听说折断的锁骨还没完全愈合，马哈茂德师傅又开始挖起井来，至于他找谁当徒弟，谁资助了他，这些细节不得而知，因为我们的剧团也离开了恩格然。我想要忘记在那里跟一个高中生在戏剧的意犹未尽中发生了一夜情，想要忘记其实我爱的是他的父亲，但那份爱也已经冷却。还不到三十五岁，我就了解了男人的骄傲、脆弱和他们血液里的个人主义。我知道他们会杀死自己的父亲，也会杀死自己的儿子。不论父亲杀死儿子，还是儿子杀死父亲，对于男人来说是成就英雄，而留给我的只有哭泣。或许我应该忘掉自己知道的这些，去别的地方。

别说图尔加伊，连我都很少怀疑恩维尔的父亲会是杰姆。最初，这种可能性即使有那么一两次算日子时从脑海闪过，我却也没有多想。但随着恩维尔长大，他的眉眼，尤其鼻子越发明显地丝毫不像图尔加伊，我才开始考虑我的高中生情人是儿子的父亲。图尔加伊对此想过多少？

　　恩维尔和图尔加伊的关系一点都不好。图尔加伊越是看着我们的儿子，越会想其实我是他哥哥的爱人，我还同有妇之夫谈过恋爱——正如他哥哥所想——实际上连他哥哥图尔汗也被我欺骗了。他没有对我说过这些，不过我能感觉到。他对我的红色头发——即使也没有明说——也感到生气，因为我的头发勾起他这样想。

　　从法文、英文翻译的剧本和书籍中，有几页写着红发女人在西方意味着愤怒、好斗、暴躁的女人，我把这些拿给图尔加伊看，他却不以为然。一本女性杂志里原文转载了一篇欧洲报纸的文章，题为《男人眼中的女性类型》。在红发女人漂亮的照片下面写着"神秘和愤怒的"。她的嘴唇和气质跟我相仿。我小心翼翼地裁下来挂在墙上，但我丈夫对照片并不感兴趣。我的丈夫，全副左翼和国际主义者的姿态，实则极端固守成规。在他看来，在这个国家，红发女人意味着出于种种原因跟很多男人在一起的女人。并且，如果女人刻意把头发染成红色，那也就意味着她选择了这种人格。我的戏剧艺术家身份，仅仅是把我的罪恶转化为一种娱乐而使之减轻。

如此一来，做配音的那些年，我和图尔加伊渐行渐远。我们住在图尔加伊的父亲在巴克尔柯伊留下的房子里，不过恩维尔却不常见到父亲。图尔加伊为广告配音，还兼职其他工作，很晚才回家，有时根本不回来。我知道，坐在家里等待偶尔回来吃晚饭，时而晚归、时而根本不回家的一个父亲时，养育孩子意味着什么。

我和恩维尔因此非常亲近。我对他的一反常态、敏感的心灵以及情绪的变化密切关注。我看到他表现出来的恐惧、沉默和胆怯，亦感受到他的愤怒、孤独和绝望。我喜欢触摸有着天鹅绒般肌肤的儿子的胳膊、腿和脖颈，享受地看着他的肩膀、耳朵和小鸡鸡茁壮成长，也同样为他的智慧、思辨和异想天开的思绪日渐丰盈感到骄傲。

有时，如他所愿，我们做好朋友，整日聊天，相互取笑，在家里玩捉迷藏，猜谜语，一起逛集市。有时，一种忧郁和孤独笼罩，我们俩都对世界之浩然感到畏惧，对我们身处的地方感到厌倦，封闭自己。那时我就明白了，在生活中了解另一个人，靠近他，与他心灵契合是何其不易。更何况，这个人是我的儿子恩维尔，我生命中的最爱。我拉着他的手带他看街道、房屋、绘画、公园、大海、船只，看整个世界。我想让他在巴克尔柯伊，后来在恩格然的街道玩耍，在与伙伴的摸爬滚打中学会保护自己，我同样很想让他远离那些彼此说着"操你妈"的流氓混混，希望他不要成为我们帐篷剧场里那些卑鄙下流的男人。

和同龄人相比，恩维尔极少上街玩耍。然而他的成绩并不优秀，从来不是班级第一，这令我沮丧。有时我对自己说，何必为此难过。相比成功的事业，甚至财富，我更想要的是他深厚的人格，追求真理的精神和他的幸福。我的儿子应当既是幸福的人，又是英雄。我对他有很多幻想。他千万不要成为小肚鸡肠的人，我对自己说。小时候，他张着粉红的嘴，红着眼睛哭啊哭的那一刻，我祈祷似的说："我亲爱的恩维尔这辈子绝对不要再哭泣。"

我注视着他漂亮的眼睛对他讲，他是有着特殊才能的与众不同的人。我们一起读儿童书、古老神话和诗，一起看电视里的儿童剧和动画片。我看到他比他的父亲和爷爷更加深沉和敏锐。我对他说，总有一天他会成为剧作家。他对成为作家表示认可，却并不认可戏剧。

小学以后，恩维尔显现出我未曾在他父亲和爷爷身上见过的愤怒和叛逆。或许是随我，因此我尊重他的愤怒。因为他童年时更加幸福。他还是婴儿时，我用热水为他洗澡，用温水轻拂他纤细美丽的身体，当我在他树枝似的臂膀，后脑勺似甜瓜的漂亮脑袋，豆荚大的小鸡鸡，草莓般的奶头上精心地打肥皂时，我的恩维尔非常幸福。有时给他洗完，我也在热腾腾的浴室里洗澡。直到他十岁，我们都在浴缸里一起沐浴，巴克尔柯伊房子里的浴室很难有热乎气。后来，我教会他自己洗澡，闭着眼睛给脑袋、头发和腿上打肥皂。

我儿子一点也不喜欢这样。我想，他那随着年龄的增长愈加汹涌激烈的愤怒，就是始于那时。在图尔加伊不着家的高中岁月里他是忧郁的，最终只上了一所普通大学，即使有我对他全部的爱仍无法掩藏我的失望，这些都让他心碎。那些年，他开始从与我的争论和唱反调中寻找乐趣。一旦我对他读的连环画嗤之以鼻，转换他看的频道，他便勃然道："你懂什么。"当他把头发剪成逃犯一样短，信徒似的蓄起胡须，疯子般三天不刮脸来回游荡时，他喜欢看到我为他担心，并寻衅吵架。有时我们彼此大吼大叫，他摔门而去。

大学期间，他开始更加频繁地去恩格然找儿时的伙伴。在那里，与出入马哈茂德师傅家的无业的理想主义青年们厮混。一段时间，他跑去家附近的威力阿凡提赌马，不过没向我要过一分钱，觉得丢人就放弃了。在布尔杜尔服兵役期间，他会在周末得到逛街许可时给我打电话，在电话里因孤独而哭泣。看到返回伊斯坦布尔的他留着短发，被太阳晒得黢黑，脖子似樱桃梗，一副消瘦的样子，我热泪盈眶，既难过又怜爱。但就在最意想不到的时刻，我们之间又爆发了争吵，谁也不理谁，几天不说话。那段时日，他若晚归，或更糟糕时夜不归宿，我便不能合眼。有时，想到我的儿子会迷上一个想入非非、不切实际的女孩，一个易怒而满腹牢骚的女人，我就胆战心寒。不过在所有这些争吵、冷战、沉默和冷嘲热讽间，我们会在家里突然紧紧相拥，和解，亲吻。那时我明白，自己无法容忍儿子的疏远，见不到他我无法活下去。

　　事实上，我们跟他的父亲（或者说他认为是父亲的那个人）已形同陌路。我和图尔加伊的正式分手，甚至他的死都没有给恩维尔打击。我把他的勃然大怒、无缘无故的狂躁、日渐沉默和喜欢指责的性格解释为缺乏父亲陪伴的成长和他敏锐的个性，但同时我想真正的原因是没有钱。因此当我在报纸广告上看到杰姆的照片和他的建筑，并同样在报纸上读到，得益于西方医学的发展，甚至能够在土耳其的法庭上确定一个人的真正父亲是谁的新闻，我茫然了。

年轻时，我绝对不会打这样的官司。让不承认自己孩子的一个父亲，在政府和警察的强制下接受父亲的身份，以上诉为要挟管他要钱，在他举办的会议上不请自来地现身……我的儿子为我所做的一切感到羞耻。不过他也明白，我做这些不是为自己，而是为他，因此他大发雷霆后又软了下来。

真正的困难不是说服自己，而是劝说我的儿子。为了让他上诉，几个月来我费尽口舌恳求他。我们吵架，争论，叫嚣。自己的母亲已婚时跟别人上床并有了那个人的孩子，而母亲知道却隐瞒此事，让他接受这些并不容易，这我能理解。多少次他带着羞愧和愤怒问我："你确定吗？"又有多少次我对他说："儿子，不确定的话我能说吗？"有时是他，有时是我羞愧难当、低头不语。

大多数时候，我们大喊大叫地争吵。"我是为了你好，儿子！"我说。这是最管用的一句话。一次，他从墙上扯下红发女人的画扔掉。他从网上看到，那女人也跟我一样。我也上网去看。从杂志上剪下来的画的作者是画家但丁·加百利·罗塞蒂。他爱上了有着迷人眼神和漂亮嘴唇的模特，并娶她为妻。我用透明胶带把画挂回原处。

儿子只有喝拉克酒时才会谈论起诉他父亲的话题，喝着喝着他进入可以无所不谈、博学多识的轻松状态，同时也变得冷酷而偏狭，对自己的母亲放肆地说着小城市士兵们说的鄙陋言语，随后摔门而去。如同他大学毕业后在恩格然最初几年吵架过后那般，每次他都对我骂着脏话，反复说一辈子不再见像我这样的妓女（还说了许多其他难听的话），一两天后却又坐上火车从恩格然来到巴克尔柯伊找我吃晚饭，因为他无法在夜晚独处。

"还好你来了，"我对他说，"我做了伊兹密尔丸子。"

仿佛两天前根本没吵过架似的，我们又开始谈天说地，聊着最保险的话题。然后就像他儿时和高中那些年的傍晚等待不回家的父亲时那样，母子俩依偎在沙发里看电视。电影结束后，他不想回家独自睡觉，但这样说有违他的自尊，便问："还有什么？"或者干脆换个频道同样认真地看起来。

晚上，儿子在电视机对面的长沙发上蜷缩着睡着了，我默默地看着他，后悔没能给他找个合适的姑娘结婚。不过我的后悔并没有变成一种深刻的痛楚，因为我知道他喜欢的姑娘我不喜欢，我喜欢的他不中意，何况他会倔强地坚持自己的看法。我的孩子也没有钱和体面的地位让他经营好婚姻。

自从把头发染成红色，直至今日，我还没有为生命中任何一个决定后悔过。我唯一后悔的是坚持想让儿子知道、认识并接近他的亲生父亲。恩维尔对于我的努力既上心，又鄙视。有时他指责我想入非非，为钱不择手段。他父亲死后，报纸用同样的言语指责他也不是巧合。不过我儿子并非故意杀害他的父亲。我的恩维尔实际上连杀父凶手都算不上，只是报纸众口一词不断重复恶言恶语，这污点便落在我孩子的身上。

面对井边怒不可遏拔枪的父亲，我的儿子只想自保罢了。他会在那里的唯一理由，不过是一个没有父亲的孩子想认识一下自己的父亲。是我激发了他的这种渴望，现在我后悔了。但我从不后悔在他小的时候给他讲鲁斯塔姆和苏赫拉布，俄狄浦斯和他母亲，以及先知易卜拉欣和他儿子的故事。来黄色剧场帐篷的年轻人，学生，愤怒的人们……没有人给他们讲过，但他们依然知道所有这些故事。如同有些人本就知道他们忘却的记忆。

与检察官的论调相反，知晓那些古老的故事，意识到生活在模仿传说和神话，并非我儿子有罪的证据。在造成父亲的死亡之前，恩维尔很想能够离开井边。他和他父亲扭打，企图从他手里夺枪时有多少时间去思考那些？我的儿子并非故意杀死自己的父亲。从他对我坦白的一切不难得出这一结论。多数报纸明白这一点，却没有对读者坦言。

苏赫拉布的强大，杰姆的富有，恩维尔在医学的帮助下多年后发现并找到亲生父亲，然后又杀死他……记者们知道读者对这样的故事着迷。我最后一刻的出现以及我的眼泪被长篇渲染。善意的悲情剧爱好者洋洋洒洒描述亲眼见证儿子杀死父亲的"老戏剧演员和配音艺术家"的痛苦。从苏赫拉布拉广告的不怀好意的记者无耻声称，这不是意外，而是我们母子多年来一起精心策划的一桩谋杀，任何人都不应该相信我的眼泪，我们的动机是早日霸占没有子嗣的杰姆的财产。他们还说，我的红色头发就是上述观点以及我低下人格的证明。但事实是，带着克勒克卡莱手枪来到恩格然，在井边愤而拔枪的人不是我的儿子，是他的父亲。

法官将会看到有许可证的手枪是杰姆的武器，它会证明我儿子的善意和我们并非蓄谋。我敢肯定。但报纸甚至根本没有考虑这些细节。这样一来，我们母子作为因争夺财产而杀害父亲的，红头发的恶毒母亲和孩子被载入伊斯坦布尔历史。这深深地伤害了我的自尊。去西利夫里监狱探监时，一个相信新闻的下流罪犯对我冷嘲热讽，另一个人恶狠狠地看着我，甚至当我发现好心相助的一名看守脸上的表情时，我的心支离破碎。忍受这些言语和眼神，比忍受多年来那些卑鄙下流的人"打开，打开"的叫嚷更加艰难，因此我想让恩维尔把误杀他父亲的故事写下来。我说，法官一旦读过这本书就会以正当防卫判他无罪释放。不过，故事他必须从头，从他父亲去打井开始讲起。也就是说，我必须了解一切再讲给他听。这也让您手里的这本书，成为写给西利夫里重刑法官的一种辩护。不仅仅是这之后的几页，读整本书都应当如一桩命案调查般注意法律细节和证据，如同索福克勒斯的《俄狄浦斯王》。

他们把我为了让儿子靠近他的父亲而以塞尔哈特之名介绍他，作为我们母子居心叵测和行骗的证据。还写了一些关于认父官司的不实谣言。这部小说中所有细节都是确凿而真实的。现在我继续讲述我的故事：

我的儿子和他父亲没有再回到饭桌旁，我立刻跟在他们身后奔向井边。其他人也来了。

看门人把我们带到旧食堂大楼。进去时，一只冒失的癞皮狗像被卡住喉咙般狂吠。当我看到儿子在盖子敞开的井边不远处独坐，立刻明白发生了什么。我的孩子错手杀死了他的父亲。我跑到他身边，紧紧搂住他。我想让他感觉到，我理解他，我会像他希望的那样用我的悲悯和爱保护他。我先是在眼睛流出的泪水中感觉到悲痛，而后像苏赫拉布的母亲塔赫米娜那样，以发自肺腑的尖叫开始恸哭。是的，俨然戏剧里一般。

不过我的痛楚比戏剧舞台上感受到的更加复杂。我一面嘶吼般放声大哭，思忖着哭能让我好过。我领悟到就连最卑鄙的士兵，最无耻的酒鬼，最下流的猥亵者看到一个哭泣的女人都能立刻平静下来的原因：宇宙的逻辑建立于母亲的哭泣之上。现在我便因此而哭。哭有好处，因为我察觉到哭泣时能够思考别的东西，我为一切而哭。

几个好奇的人半醉半醒从饭桌上赶来，正打听杰姆老板去了哪里，儿子说，杰姆先生（他没有说"我父亲"）掉进了井里。

苏赫拉布的员工报了警。杰姆的妻子艾谢先于警车一步赶来。他们把她带到井边：跟所有人一样，她也不愿相信自己的丈夫在那深深的井底。我想拥抱她，为死去的父亲，为杀死父亲的儿子，为了我们的生活，作为女人一起哭泣。但是他们甚至不让我靠近她。

报纸上把井的深邃，井底的泥潭，若干年前用镐和锹挖如此深的井之怪异描述为一种不祥。我不相信，但却喜欢一些报纸提到的命运之说。

在我儿子被捕后的日子里，我很想能够跟艾谢女士谈谈，安慰她并减少她对我们的憎恨。我要对她说，所有的一切都不是我们女人的错，传说和历史就是这样写的。然而艾谢女士理所当然更关心每天报纸都写了什么，而不是古老的书籍和传说。报纸上写我的儿子是为遗产杀死了她的丈夫，这件事的背后主使就是我。苏赫拉布的员工为这些报纸提供素材让我们倍感沮丧。

警察在井边仅找到一个子弹壳。但周围没有手枪。一名能够潜入海峡激流涌动的最深处的潜水员被绳子系着，进入井中的泥淖，两天里已面目全非的杰姆的可怜尸体被打捞上来。我儿子的父亲被残忍地解剖，内脏被一样一样取出分解。根据肺部没有泥水来判断，杰姆死于落井前。

解剖结果同时表明是我儿子导致了他父亲的死。第二天报纸头版刊登了法医报告，并写道："他打中了自己父亲的眼睛！"他们却没写父子俩在井边的扭打和我儿子在法庭上所述的：出于自我保护，他从父亲手里夺枪时，枪走了火。

不过，法官再次派潜水员进入泥泞的井里。这一次，随潜水员一起上来的还有克勒克卡莱手枪。这是杰姆带有许可证的手枪，打中左眼的子弹就是从它的膛中射出，这改变了我们在法庭上的处境。大家更加相信法官会判我的儿子没有实施谋杀，这是正当防卫。当然了，把武器带到井边的不是愤怒的儿子，而是惧怕儿子的父亲。

　　自井底找到手枪后，公司和艾谢女士转变了对我的态度。我儿子没有预谋杀害自己的父亲，他将可能以正当防卫无罪释放，同时可能会成为杰姆的遗产继承人，也就是苏赫拉布最大的股东。当他们明白这一切，对我们的态度缓和了。

　　在苏赫拉布办公室的第一次会面中，我看到艾谢女士肃穆而冷静。对于报纸上关于我的无耻谣言，她相信多少？从她的眼神我看得出她在压抑激动和怒火，并努力克制自己。显而易见，至少目前，她决定把对深爱的丈夫的悲痛深埋心底，和我安然相处，并为此动用了全部意志。

　　我想宽慰她：当然，我无法以仍身在狱中、官司缠身的恩维尔之名义说话，不过解散他已故父亲以强大的智慧和创造力创建的这家大型建筑公司——苏赫拉布，或是解雇工作在这里的几百号人，既不是我也不是我儿子的目的。恰恰相反，我们希望苏赫拉布更加成功。我说，如今我把三十年前马哈茂德师傅和我儿子已故父亲开始打井的那天，当作苏赫拉布成立的日子。

我认真地说完这些后对她讲，1986年，马哈茂德师傅和我儿子的父亲如何先后两个晚上来到"警世传说"的黄色帐篷，又是怎样被鲁斯塔姆和苏赫拉布的悲剧故事打动。那天我在帐篷中洒下的泪水，跟三十年后在井边为我儿子和他父亲的哭泣之间，有着传说与生活之间的必然关联。

"生活在重复传说，"我激动地说，"您不这么想吗？"

"我也这样想。"艾谢女士温婉地说。

我看到她和苏赫拉布的主管们不想做任何让我和我儿子难过的事。

"您不要忘了，我们建筑公司的第一口水井挖掘时，我就在恩格然。您公司的名字苏赫拉布正来自那些日子我表演的最后独白。"

艾谢女士惊讶地眨着眼睛，似乎对我的话感到不可思议。苏赫拉布的名字并非来自我的独白，而是出自菲尔多西流传千年的《列王纪》。多年来她和丈夫在"这些问题上"（她没能说"杀子"或"弑父"）读书，钻研，去欧洲和世界各地的博

296

物馆看画和书。她边回忆边向我讲起很多过去的幸福场景作为证明，目光透过苏赫拉布总部大楼的窗户，游走在伊斯坦布尔的高楼、房屋和烟囱的海洋里。她带着一种神秘的语气，但也有显而易见的满足和回忆的喜悦，讲述着圣彼得堡的一座博物馆，德黑兰的一所房子，雅典，辽阔的领域上广为传播的印记，标志，绘画。这个女人跟我儿子的父亲一起生活，并且很幸福。因为法律系统和法律条文的荒谬，谁知道他们花了多少心血建立起来的公司现在最大的股东可能是我儿子，然而是这个女人和她的丈夫一手把苏赫拉布拉扯大，培养成人。

就这样，当艾谢女士找到一种不会令我难过也不会激怒我监狱中的儿子和得以隐藏自己怨恨的方式后，便从她和丈夫早在大学的相识以及他们去德尼兹书店开始，讲述这本书中你们所读到的故事。随着她边回忆边讲，我感觉到或许她在用自己幸福的回忆对我进行某种报复，我仔细地打量着她。最终我谦恭地听她讲述了一切，丝毫不生她的气，因为某种意义上孩子和苏赫拉布都是我的。

那些日子里，我去西利夫里监狱时，开始给儿子讲从艾谢女士那里听来的部分事情。尽管很远，我还是倒三辆公交车从巴克尔柯伊赶到监狱。来到大门口时我问自己，我的儿子在距离马哈茂德师傅和他父亲挖井的地方五公里远的，看守和监狱负责人们经常自豪地重复着不仅是土耳其，也是"欧洲最大的监狱"里服刑意味着什么。随后我辗转于对我的红头发说三道四的女看守熟练的手，等候室，打开的门，关闭的门，打开的锁，合上的锁，房间和楼道。我似乎都忘了自己身处何时何地。在隔音玻璃后面等着见他时，我会幻想，会把别人和他搞混。有时打盹，有时不耐烦，大多数时候感到生气。不过我控制住了自己。有时我以为玻璃后面出现的不是我儿子，而是他死去的父亲，不，是他死去的爷爷。

如果律师在场，我们会先说一说官司和卷宗的最新细节，报纸上的信口雌黄，我儿子在牢房里遇到的难处。我儿子抱怨那些人相信他为了钱杀死自己的父亲而侮辱他，抱怨糟糕的饭菜，还有从未实现的赦免谣言。他给我讲从前住着政变军人的牢房里，现在关押的反对派记者和库尔德人的悲惨故事，让我们再写一封不起丝毫作用的请愿书，希望得到一点宁静、新鲜的空气或是抗议不正当的惩罚。光是这些就占去了我们太多时间，母子俩还没能正经说上任何特别而温馨的话，一个小时的会面就结束了。

听我们谈话的除了看守别无他人。我试图把从艾谢女士那里听来的故事和从她提到的书里读到的，当作自己的观点和想象讲给我的儿子听。他不喜欢古老传说，并装作全然不知我想把话题引向何处，因为那会勾起他的罪恶感。即使我适时地说这些故事是从已故的马哈茂德师傅那里听来，他也不信，不过仍会听我讲。有时我感觉，重要的不是我讲的传说故事，而仅仅是我们能够说说话。有时我微微沉默，稍稍思忖，看着在监狱里迅速长胖、逐渐看起来真像个恶棍的儿子，强忍住泪水。

最痛苦莫过于一小时会面结束时的彼此分离。即使我能够走出房间，我的儿子却像儿时那样，无论如何离不开我。在看守的警告下，他坚决地一个动作离开座位，但即使如此仍无法迈出大门。他站在门口用无助的眼神看着我，我想起他小的时候还没上学以前，我五分钟快速地从杂货铺往返之前他对我的央求。他完全不相信我对他说"一分钟就回来"的话。在门口他使出浑身力气贴住我的裙摆和胳膊，好像再也看不到我似的哀求，怎样都不松手："妈妈，别丢下我。"

一个月一次的公开探视中，我们特别幸福，因为囚犯和探视者被允许相互接触。我们耐心地等待着所有人都参与的公开探视，为因这样或那样的原因推迟探视以示惩戒而沮丧，有时也会为安卡拉某位部长的一个决定，节日或是其他什么借口宣布增加一次公开探视心花怒放。监狱里有大量左派和库尔德囚徒和罪犯，因此往监狱里递食物、书和手机是被禁止的。不过公开探视中给看守三五库鲁士，就能把孩子在恩格然写诗的笔记本、笔、他喜欢的一两本诗集塞进去。当我看到写作对他来说是减轻痛苦、平息怒火的一剂良药，便让他把自己经历的一切，乃至现在已经走到尽头的全部故事像小说一样写出来，公开探视中我不断对他灌输这个想法。

被走私犯、形形色色的杀人犯、小偷、骗子、强盗等普通刑事犯以及他们的家人和探视者挤得水泄不通的探视间里，我们母子俩坐到一处不起眼的角落，彼此拥抱。我一触摸他，小时候给他洗澡时见到的那种幸福的表情又回到了我孩子的脸上，明知我不会相信，他还是对我说其实在这里没有那么不幸，并开心地聊着他认识的犯人、受贿的看守和恶作剧。然后他大胆地给母亲读了自己写的诗，关于从窗户看到的风景和放风的院子上面的天空。

我由衷赞扬孩子的美好诗句，然后把话题转移到应该写的书上。他应该写这本书，不仅是为了在法官面前为自己辩护，也因为这是一个值得吸取教训的故事。有时我提供建议，给儿子讲俄狄浦斯和苏赫拉布的故事（监狱图书馆里两本书都没有，

不过我通过贿赂把书塞了进去），讲他已故父亲的德黑兰之行，
或是我的戏剧生涯，讲和他父亲相识的夏天，讲我们在黄色帐
篷里演的戏和每出戏的结尾我大段独白的含义。"事实上，我
是为了最后发自内心的独白而演那些戏。"我无比真挚地看着
儿子的眼睛说。

　　有时我们不说话，久久地看着对方的脸和眼睛，仿佛初次
相识。有时我拿掉沾在他毛衣上的脏东西，触摸衬衫上快要掉
落的纽扣，用手精心地捋顺他蓬乱的头发。有时，我想问他对
自己的童年记得多少，为什么如此易怒，为什么把子弹射进他
父亲的眼睛，而为什么现在看起来是幸福的，但我忍住了。公
开探视中，我总是抚摸着儿子的胳膊、肩膀、后背和脖颈，握
着他的手。他也同样握着六十二岁的母亲的手，并像个情人般
尊敬地亲吻它们。

　　西利夫里监狱最后一次古尔邦节的公开探视中，我们仍旧
并肩坐着，久久凝视对方的眼睛，相互拥抱，不说话。那是秋
日艳阳的一天。我儿子终于答应，他会开始写讲述了"一切"
的那部小说。现在他脑中有无数想法，就像夏夜里透过牢房窗
户看到的星星。感同身受地把它们一一付诸文字是困难的。不
过他也从书中获益良多。远离政治的监狱图书馆里有儒勒·凡

尔纳的《地心游记》、埃德加·爱伦·坡的故事、古诗书和名为《你的梦，你的人生》的一本选集。他要像他父亲一样读这些书，了解他父亲年轻时的想法，将心比心。他问我关于他父亲的问题。我兴奋地给他解答，开心地拥抱他，我再次幸福地发现，他的脖子又像儿时那样散发着廉价香皂和饼干的混合味道。探视时间一结束，我祈求真主让我儿子在这个节日能够轻松地离开他的母亲。

"周一我再来。"我微笑着说，从包里取出被撕坏又粘好的但丁·罗塞蒂的红发女人像给了他。"我的儿子，知道你要写你的小说，让我非常开心！"我说，"完成后，把这幅画放在封面，也写点你漂亮母亲的青春。这个女人，看，有点像我。当然小说怎么开头，你更在行，不过你的书须是像我在最后剧目中的独白一样，既发自肺腑，又宛如神话。既像发生过的故事般真实，又要像一个传说般亲切。那时，不光法官，每个人都会理解你的。别忘了，其实你的父亲也曾想当个作家。"

2015 年 1 月—12 月

文
景

Horizon

社 科 新 知　文 艺 新 潮

红发女人

[土耳其]奥尔罕·帕慕克 著　尹婷婷 译

出 品 人：姚映然
责任编辑：李 琬
封面设计：陆智昌

出　品：北京世纪文景文化传播有限责任公司
　　　　（北京朝阳区东土城路8号林达大厦A座4A 100013）
出版发行：上海人民出版社
印　刷：山东临沂新华印刷物流集团有限责任公司
制　作：北京大有艺彩图文设计有限公司

开 本：850mm×1168mm　1/32
印 张：9.75　字 数：143,000
2018年4月第1版　2018年5月第3次印刷
定 价：49.00元
ISBN：978-7-208-15016-4 / I·1696

图书在版编目（CIP）数据

红发女人 /（土）奥尔罕·帕慕克（Orhan Pamuk）
著；尹婷婷译.—上海：上海人民出版社，2018
ISBN 978-7-208-15016-4

I.① 红… II.① 奥… ② 尹… III.① 长篇小说－土
耳其－现代 IV.① I374.45

中国版本图书馆CIP数据核字（2018）第024179号